高名凯译文集 10

老小姐

《竞争》二部曲之一

（法）巴尔扎克 著

海峡出版发行集团 | 海峡文艺出版社
THE STRAITS PUBLISHING & DISTRIBUTING GROUP | Haixia Literature & Art Publishing House

目　录

第一章　贞洁的苏三

很多的人都应当在法兰西某些省份中遇见过发罗瓦骑士，因为在诺曼地存在过一个发罗瓦骑士，人家又在布尔慈找到另外一个，一八一六年还有第三个在阿郎桑甚负名声，也许南国也有他的发罗瓦骑士。可是关于这发罗瓦家族的户口调查在这里是不重要的。在这些骑士之中，无疑的也有和路易十四在布尔崩家族中的同样地位的人物，可是，他们却不大互相认识，人们也不必对他们说到其他的本家。并且，他们也都让布尔崩王族高枕无忧的坐在法兰西国王的宝座之上，因为奥黎昂长房，那所谓的发罗瓦长房之缺乏男性的后嗣而让亨利四世登极，这是太明确的事实了。如果还有发罗瓦族人的存在的话，他们一定是安古莲公爵发罗瓦·查礼（即查礼九世和杜赤·玛利所生的儿子）的后人，虽说发罗瓦·查礼的男系苗裔是在罗特冷教士身上灭绝的，但是所得到的证据却是相反的；亨利二世之前的发罗瓦—圣雷美一支也同样的断绝在高黎埃案中的著名的拉摩特—发罗瓦身上。

如果我们的听闻是正确的话，这些骑士之中的每一个人，例如阿郎桑的骑士，都是一个瘦长、枯燥而毫无资财的老绅士。布尔慈的骑士被迫而迁移了，杜尔兰的骑士躲了起来，阿郎桑的骑士在王地从事战争，加入朱安党，一同举事。这后者的大部分的青年时代是在巴黎生活的。在那里，当他三十岁的时候，大革命忽然把他从他的征服中惊吓而走。阿郎桑的发罗瓦骑士就以正派的发罗瓦族人的资格受到外省的贵族社会的欢迎，正如他的同姓的人一样，他以高雅的举止显露出他的特性，表现出是一个上流社会的人物。他每天都在城里吃饭，每夜都赌钱。人家认为他是一个聪明人，因为他叙述许多路易十五和革命初期的故事，虽然这是他的一个缺点。当人家第一次听见这些逸事的时候，人家觉得他叙述得甚为得体。发罗瓦骑士还有一种德性，就是从来不重复他个人的讽刺话，从来没有谈到他的爱情；但是他的温雅、他的微笑却做出了许多甜蜜的疏忽。这位好好先生应用了福尔泰尔派的老绅士所有的特权，不到教堂去做弥撒，人们也特别原谅他因为忠心于王朝而违反宗教。在他那最令人注目的温雅之中，有一种无疑的是模仿摩利的姿仪，就是从一只装饰有路易十五末年以美丽著名的动人的匈牙利女人戈里查公主的图像的老金烟匣中取出鼻烟。年青的时代，他曾醉心于这位著名的异国女郎，他总是非常兴奋的谈到她，他曾为她而和骆松先生打过架。这时候他已经差不多五十八岁了，但是他却只承认是五十岁，而能够自许说出这句无罪的骗人的话；因为在干瘦的金栗色的人所有的特点之中，他还保留有这个给男男女女修饰老年的外表的少壮的身躯。是的，您得知道，整个的生命或是表露生命的整个的华采，都是存在于身躯之内的。在骑士的特点之中，我们得提出天生的大鼻子。这鼻子严整的把一张惨白的脸孔分成两半，彼此似乎不大认识似的，其中只有一半可以在消化的时候发红。这事情是值得注意的，特别是在生理学注意许多人心的问题的时候。这白热的颜色是在左边的。虽然腿是高嫩的，发罗瓦先生的细长的身段和灰白的肤色并不宣告一个高度的健康。然而他却和一个吃小孩的恶魔一样的吃东西，而冒称说他患了一种外省人所谓的肝热病，这无疑的是要人原谅他的过度的食欲。脸色的发红可以支持他的借口；但是在一个一吃就是三四十盘菜、四个钟头长的国度里，骑士的胃口似乎是上帝特别施恩赐给这个好城市的。根据一部分医生的说法，左边的血热表示有一个放荡的心灵的存在。骑士的风流的生涯证明这些科学的判断的正确，侥幸得很，科学判断的责任并不是由历史家来担负的。不论发罗瓦先生怎么样的有这些征候，他总有一个富于神经质的结构，结果就是非常的激奋。用一句古话来说，如果他的肝脏发热的话，他的心脏也并不是不同样的燃烧。如果他的脸孔现出许多的皱纹，如果他的头发已经变成银灰色的话，一个受有训练的观察家却可以在那里见到感情的疮痕和欢乐的遗迹。事实上，这特殊的鹅足和宫廷的步武显示出这些漂亮的皱纹刚刚好是适合于锡泰尔的内宫①的。在这冶饰的骑上身上，一切都表露出女人相的男人的风尚：他在沐浴中是很细嫩的，他的两颊令人一见悦心，这双颊好像是用仙浆来洗涮似的。没有头发盖住的那一部分头盖骨，就好像是象牙一般的发亮。正如他的头发一样，他的眉毛也因为梳子所给他印下的齐整的条纹而显出青春的精神。已经很白皙的皮肤，好像又被一种什么秘密给他弄成格外的洁白。并没有涂上香粉，然而骑士却发出一道可以使他所在的场所馨芬清郁的青春的香气。他那绅士派的双手修整得和小情妇的纤手一样，他那玫瑰色而剪齐的指甲可以吸引人们的视线。总之，如果不是有个大鼻子的话，他简直就是娇媚的了。如果承认有一个卑劣的意念的话，我们就得决心去过度的钟爱这个肖像。骑士拿一些棉花放在耳朵里头，还在那里保留着两只小耳环，是用金钢钻做成的黑人头的花样打成的。但是，为着解释这怪异的瘰物起见，他就说自从打耳洞以来，他的半爿头痛

① 爱情的宫殿的意思。

病就离开他而去了：他曾经有过半爿头痛病。我们并不把骑士描写成一个完全的男子；但是我们难道一点儿也不原谅那些把心房的血液都送到脸上去的老独身者也许因为有超卓的秘密而做下许多可敬的笑话吗？并且，发罗瓦骑士是以其他的许多的温雅来赎回他的黑人头的，所以社会应当认为已经得到满足的赔偿了。他的确颇费苦心去隐瞒他的年龄，去使他所认识的人快乐。第一件应当指出的事就是他对于他的服装的特异的爱护，这是今日正经像样的人所能用以显示特性的唯一的东西；骑士的服装总是富有贵族的细致和洁白的。至于他的礼服呢？无论是如何的洁净，这礼服总是穿旧了的，不过没有任何的斑点和任何的皱痕罢了。这些旧衣服的保存在那些注意到骑士对这时式问题并不关心的人看来是很奇怪的；他并没有用加尔的王子所发明的办法，拿玻璃来割破他的旧衣服。但是发罗瓦先生却跟着学习英吉利的上流社会的风雅，而高自标置，只是一点儿也不受阿郎桑的人众所欣赏罢了。社会对于那些为他而牺牲的人难道不是应当加以敬重吗？这里不是完成了下命令叫人以德报怨的福音的最难于履行的训诫吗？这服饰的整洁、这服饰的爱护，甚为适合这双蓝眼睛、象牙一般的牙齿和骑士的金栗色的身躯。只是这位退休的阿当尼斯①一点儿也没有男性的气象，他好像是要用服饰的脂粉来隐蔽他在风流战场中所得到的毁损。一句话说，他的声音产生了和骑士的细嫩的金栗色的外貌正好相反的对照。除非您自己认为和一些人心的观察家有同样的意见的话，除非您认为骑士所发的是大鼻子的声音的话，他的音乐总会以他的铿锵的回响来使您惊魄。这声音的音彩没有粗沉音的洪亮，而以他那刚而甜、强而媚的英吉利笛的清越的音调来使人悦耳。骑士已经扔掉了一些贵族所保留的可笑的

① 希腊神话中的人物，用以代表女人相的男子的。

服装，而干脆的近代化了他自己：他总是穿着一件有金钮子的栗色礼服、一条加有金钮的粗丝半窄裤、一件没有绣花的白背心、一条没有硬领的紧领带，这是法兰西服装的最后的遗留，他不大懂得放弃这服装，因为他可以这样的伸出他那享有使用收益权的教士的颈项。他的鞋是用一些方形的金钮来点缀的，这些方形金钮是这一代的人所不知道的，是扣在黑色的漆皮上的。骑士让人家看见在他的两只领衣袋里都平行的挂着一条表链，这又是十八世纪的时式的遗留，是总裁政治时代的追逐时尚的轻薄男子所没有轻蔑过的。这连接两世纪的过度的服装，骑士就用侯爵的娴雅来穿他，可惜这娴雅的秘密却和摩利的最后的生徒夫勒利同日消灭在法兰西的场景之中，这位老孩子的私生活表面上好像是一目了然的，事实上却是神秘的。他住在一所素朴的房子的第三层楼上，这房子位于公共运动场街，是全城生意最好的洗衣妇拉尔多夫人的产业。这环境可以说明他的服装为什么特别的洁净。不幸要使阿郎桑的人有一天相信骑士并不一向都是绅士的行径，当他老年的时候，他曾秘密的娶了一位姓塞萨林的女人，生了一个无人叫唤而赧颜来此的孩子。

“他答应了那位常常借熨铁给他用的女人的求爱。”某一个叫做布斯基埃先生的人说。

这句可怕的谤语之使这位细致的绅士的晚年感染悲哀是和现阶段的《场景》之要指明他如何的失去久经抚摸的希望一样的程度的，他对于这希望曾经做过不少的牺牲。拉尔多夫人把她房子的第三层楼租给发罗瓦先生，每年只取极少数的一百佛郎的租金。每天在城里吃饭的尊贵的绅士除了睡觉以外从来是不回家的。所以他的唯一的费用就是他的早饭，总有一杯朱古力，另加一些牛油和各季节的果品。他只于严冬生火，而且只在起床的时刻生火。在十一点钟和四点钟之间，他到外面去散步，去阅读报章、访问朋友。自从他居住在阿郎桑以来，他就很高贵的承认自己的穷困，说是他的财产只有六百佛郎的养老金，他的昔日的豪华所给他留下的唯一的残余，他的旧办事员给他分为四季花用的；他的公债登记券就是存放在这位办事员家里的。事实上，城里的一位银行家每三个月都给他计算从巴黎一位最后的沙特利[①]的检察官鲍尔丹先生给他送来的一百五十佛郎。因为骑士向第一个听取机密的人请求严守秘密，每一个人反而都知道了这些枝节。发罗瓦先生从他的穷困中收获了不少的果实：他把他的食具放在阿郎桑最出色的人家里，他每天晚上都被人家邀去吃饭。他的赌徒的才能、他的讲故事的天资、他那令人喜悦的本领，他那上流社会的作风，这一切的一切都大受人众的欢迎，甚至于没有他这位认识全城的人在场，人家都会觉得好像是缺乏了什么东西似的。各家庭的主人和贵妇们都需要他的虚伪的赞许。当一位年青的少女在跳舞会中听见老骑士说“您穿得太漂亮了！”的时候，她就觉得这句颂词比她的情敌的失望更会使她快乐。发罗瓦先生是唯一能够说一些古时的语句的人。我的心肝、我的宝贝、我的小白菜、我的王后，这些一七七〇年的情场的术语使他的嘴唇发出一种无可抵抗的温存；总之，他有应用极级形容词的特权。他那轻易不一说的赞词得到了老妇人们的宠遇。这些赞词可以取悦一切的人，甚至于他所没有需要的行政官员；他的赌博的作风使他到处让人注目；他从来不埋怨，对方输了的时候，他就称赞他们；他一点儿也不抨击同组赌友的训练，而教他们如何的打牌。发牌的时候，人家在无聊的争论，骑士就以真正的摩利的姿态取出他的鼻烟匣，瞧一瞧戈里查公主，煞有介事的打开盖子，撮了一撮鼻烟，簸了簸，搓成粉末，堆成斜切的形状；然后，当牌分发完了之后，他就把

① 巴黎旧城的堡垒的名字，现在法院的所在地。

烟塞在鼻孔里，把公主放在背心里，总是在左边！只有太平盛世（这是和伟大的世纪相对的）的绅士能够发明这种几乎寂寞和没有人懂得的讽刺之间的中庸之道。他接纳无才的庸人，而知道利用他们。他那悦人心目的幽默是平等待遇的，使许多人都说："我敬仰发罗瓦骑士！"他的谈吐、他的举止，都好像是他的身体那样的美丽。他研究不刺激任何男人或是女人的方法。他宽恕身体上的奇形怪状，正如精神上的缺点一样，他在戈里查公主的援助之下，倾听着人家告诉他外省生活的困苦：煮得不好的早点鸡蛋，奶油变了味的咖啡，关于健康方面的各种的可笑的措置，突然的醒来，做梦，串门。骑士有一道衰弱的眼色，古典派的态度来装作同情的样子，使他变成一个柔和的忍耐的听诉人；他用一个适当的动人的话语"啊！"或是"噢！"或是"您怎么这样呢？"来回答。他一生没有让任何人怀疑到他在这些幼稚的举动之中曾回忆到他和戈里查公主的浪漫史。人们是不是曾经想过一个熄灭了的情绪能给社会贡献的效劳呢？是不是想过爱情是如何的于社会有利呢？这些可以解释为什么他虽然是恒定的赢钱，这位骑士总是城里受人溺爱的孩子，因为他总是赢了差不多六佛郎之后才离开一个客厅的。如果输了的话，他就让人朗叫，然而这输钱在他是不常有的事。一切认识他的人都认为他们从来没有遇见过这样可爱的木乃伊，就是在杜灵的埃及博物院里也找不到。在世界任何国家之中，都找不到有这样温雅外表的寄生虫。最为集中的自私主义从来也没有比这位绅士所表现的更善于周旋，更善于避免打击他人，他值得一个忠实的友谊。如果有人来请求发罗瓦骑士，麻烦他做一桩什么事情的话，这个人绝不会在没有钟爱他、没有觉得他帮不了什么忙、他的干涉反而要坏事之前离开骑士的家。

为着解释骑士的可疑的生活起见，当残暴的"真理"的拳头扼住咽喉的时候，历史家必得说：在"七月"的悲惨的光荣的日子之后，阿郎桑城知道发罗瓦骑士赌博赢来的钱数每季是一百五十厄古左右，聪明的骑土自动的退回了他的养老金，免得在喜欢积极财富的国度里显得没有缺乏资源的样子。他的多数的朋友（他已经死了，请注意这一点！）都固执的证明这种情形，把他当做童话来看待，认为发罗瓦骑士是自由党所诽谤的一个值得尊敬的绅士。侥幸得很，回廊市场之中居然有支持他的精细的赌徒。这些敬仰他的人惭愧来给他解释一桩错事，他们就大胆的否认他；请别诋毁这些人的糊涂，这些人都有自尊的感觉：政府给他们做出这种半夜掩埋死人而不为失败而讴唱圣歌的道德的榜样。如果骑士自己赞许这可以使他博得葛拉孟骑士的敬重、方尼斯特男爵的微笑、孟迦德侯爵的拳击的精细的话，他少得了是可爱的客人、聪明的男士、不变的赌徒、使阿郎桑人快乐的动人的说书吗？这种依据自主的律则而生的动作为什么是和一个风流的绅士的风尚相反呢？因为许多人都不得不把养老金拿来帮助别人，自主的拿来送给他的一位最好的朋友，这不是最自然的吗？但是拉伊乌斯已经死去了……这种生活度过了十五年，骑士积蓄了一万多佛郎。布尔崩王室回朝的时候，他的一位老朋友、当日的黑铳队陆军中尉彭布勒顿侯爵，他说，曾经还给他以前他借给侯爵去迁移的一千二百毕士多[1]。这事情颇引起人们的激奋，后来他终于得反抗《宪政报》所发明的那个对他应用一部分迁移的贵族拿来还债的方法加以窃笑的讽刺。当一两个人谈到彭布勒顿在骑士之前所有的高贵的举动的时候，这位可怜的男人就一直脸红到右边去。每一个人都给发罗瓦先生高兴，骑士到处询问有钱的人，要如何的应用他这财产的遗留。他相信复辟的命运，就在公债价值五十六佛郎二十五参丁的时候把钱款存放在国库大账上。他说，认识他的

① 法国古币名，值十佛郎。

勒农古尔先生、拉发莲先生、维尔纳尔先生、方登先生和拉比耶尔地埃先生给他从国王的私库里弄到一百厄古的津贴费，给他送来一只圣路易的十字勋章。人家从来不知道他是用什么方法得到他的衔头和他的爵位的正式的承认；但是圣路易十字勋章的执照给他特许领了退伍上校的军衔（因为他在西方的天主教集团军中曾建有功勋），则是无疑的。除了谁也不再怀疑的养老金之外，骑士还的确有一千佛郎的年收。虽然有这种改善，他却一点儿也没有改变他的生活和他的举止；只是，红色的绶带在他的栗色的礼服上发亮，完成了绅士的姿态罢了。自从一八〇二年以来，骑士就用老金印来盖章，这印章刻得很为粗糙，但是卡特兰家、德斯格里昂家和特瓦维尔家却可以从这里看出一个分为蓝色和红色两半的盾形章，蓝色的一半斜贯有两道红色的平行线，红色的一半配有五只黄色尖方形，凑在一起成为一个十字形。这两半的上边是黑色的章顶，里面有一只红十字形，其中有一道白色的直线。盾形章的钮子是骑士的冠徽，上面的格言是：“勇敢。”用了这些贵族的徽章，这冒称发罗瓦的私生子应当而且能够在任何的地方登上一切的王家的华车。很多的人都羡慕这位老孩子的整天的保斯顿牌哪、骰子戏哪、利维尔西牌哪、魏斯特牌哪、毕克牌哪、整天的消化得宜的饭食哪、吸得雅致的鼻烟哪、清闲的散步哪，这种甜蜜的生活。差不多全阿郎桑城都相信这种生活是没有野心和重大的利欲的；但是每一个人都只能够有一个妒忌他的人所给他弄到的这样简朴的生活。您可以在人类的软体动物的最令人遗忘的乡村里发现一些表面上看过去已经是死去了的，实际上却有鳞翅类或是介甲类的感情，而给蛱蝶或是车轮虫以无数的苦楚的文蛤。骑士不但有他的介壳，他而且还蓄有和西克斯特—甘同样深刻的强烈的欲望：他要娶一位富有的老小姐，目的无疑的是在于以此为台阶去攀登宫廷的高贵的社会。这是他所以穿着王族的服装、所以住在阿郎桑的秘密的原因。

一六年（这是他的说法）季春的一个星期三早晨，当骑士熨烫他那绿花的大马色布的室内便服时，无论他的耳朵是如何的塞有棉花，他却听见楼梯上有少女登楼的轻微的步声。没一会儿，就有人在他的门上谨慎的敲了三下响声；然后，没有等到回答，这位少女就和鳗鱼一般的溜进老孩子的房子里来。

“啊！原来是你，苏三！”发罗瓦骑士说着，没有停止他已经开始了的动作，就是要重新在一条皮带上磨快他的剃刀片。“你到这里来有什么事呀，亲爱的、调皮的小宝贝？”

“我来告诉您一句话，这句话可以使您快乐，也可以使您同样的苦痛。”

“是塞萨林的事吗？”

“您的塞萨林颇使我苦恼！”她用一种又是活泼、又是沉着、又是天真的神气说。

这位动人的苏三，她的喜剧式的冒险行为应当可以对这篇故事的主要人物有极大的影响，她是拉尔多夫人的一位女工。我们应当用几句话来叙述这所房子的地形。

工场占据了整个的地面层。小小的庭院是用来张挂鬃绳，晾晒绣花的手绢、小颈圈、无袖衬衣、套袖、有襟饰的衬衫、领带、花边、绣花的袍子，总之，全城最好的人家所有的衣衫襟袖等等。骑士自称能够从税务总局局长太太的无袖衬衣的数目里知道她的私通的情形；因为他发现有襟饰的衬衫和领带是和这些无袖衬衫跟小颈圈有联系的。虽然能够由这些服装的种类猜想到城中的幽会的情况，骑士却从来没有泄漏秘密，他从来没有说一句讽刺的话，让人家在一个家庭门前给他一个闭门羹。（他真聪明！）所以，请您把发罗瓦先生看做是一个穿着上等的服装、和许多其他的人一样的把他的才能都消磨在狭小的环境之中的人物。不过骑士总允许自己给女人们送去一些刺人的秋波，去恫吓她们，因为他毕竟是一个男子；可是，当她们认识他是如何的谨慎、如何的同情弱者之后，这一切的女人却都喜欢他了。拉尔多夫人的主管，她的女工头是一位年纪四十五岁的老小姐，丑得令人一望生畏，她就住在骑士的对门。在他们上面，那里只有一些房顶楼，预备冬天晒衣服用的。每一家寓所都和骑士的寓所一样，有两间光亮的房子，一间是朝街的，一间是朝院的。在骑士的寓所下面住有一位老疯瘫病者，拉尔多夫人的祖父，一位曾受西莫斯海军上将的指挥在印度诸地服过军役的哑巴，名叫格礼凡的老水兵。至于住在第二层楼另外一个寓所之中的拉尔多夫人呢，她对于有身份的人的偏好可以使她在骑士的地方变成盲人。在她看来，发罗瓦先生是一位无善不为的绝对的君主。她的一位女工曾经犯过罪，给骑士贡献了一个幸福的机会，她就说:“他太可爱了!”所以，虽然这所房子是和外省的一切房子一样，在发罗瓦先生看来好像是装玻璃透明的，但是他却机密得和强盗的匪穴一般。天生是工场小幽会的可以信托的人，骑士从来没有走过多半都是开着的门而没有给他的小咪咪们一些东西：一点儿朱古力、一些儿糖果、几条缎带、一些花边、一只金十字架，娇艳女工所喜欢的一切种类的洒落。女人们有一种本能，可以使她们猜想那些只看见她们所穿的裙子，只在她们附近就爱上了她们，而从来没有愚笨的追问他们的风流到底有什么好处的男子们。在这一点上来说，女人们是有狗一般的嗅觉的，狗在一群之中，会一直跑到以牲畜为圣物的人那一方面去。可怜的发罗瓦骑士从第一段的生命起就保留有风流场中保护女人的需要，这种保护是当年的大贵族所以与众不同的地方。他总是忠实于小家庭的制度，他喜欢使女人们富庶。女人们是唯一懂得接受爱情的物类，因为她们总能够偿还这情爱。在学生们一出学堂门就想寻觅一个符号或是选择一些神话的时代里，任何人都还没有解释过十八世纪的女郎，这不是太奇怪了吗？这不是十五世纪的争斗吗？一五五〇年，骑士们曾为女人们而战斗；一七五〇年，他们曾在郎苍赛马场显示他们的情妇；现在，他们就只好使他们的马匹奔驰；在任何时期，绅士都想方法创造一种他所独有的生活的方式。十四世纪的波兰式钩上尖头鞋是十八世纪的红色的脚跟，而情妇的奢侈在一七五〇年简直是一种类似游侠骑士的情绪的夸张。但是，骑士已终不能够再为一个情妇而自毁了。他不再赠送用钞票包裹的糖果，而慷慨的馈赠一包纯粹的糕饼。我们无妨为阿郎桑的光荣而说这句话，这些糕饼是比当年杜特之接受深红色的梳妆台或是阿尔多瓦伯爵的什么华丽的车马还要快乐的被接受。一切的娇艳的女工都懂得发罗瓦骑士的失去了的尊严，而给他深切的保守他们的内部的狎昵的举动的秘密。如果城里的人家问她们关于发罗瓦骑士的话，她们就严肃的说他是个绅士，她们把他说得非常的衰老；他变成了一个生命类似圣花的可敬的先生；但是在家里，她们却把他和鹦鹉一般的抬在肩膀上。他喜欢知道洗衣女工所发现的各家庭的秘密，所以，她们早晨就来给他叙述阿郎桑的纠纷；他管他叫做裙带的新闻，活的报屁股；沙尔丁先生从来没有过这样聪明、这样贵重而在发展骗取的巧智中保留着这样的光荣的侦探。请您注意，在他吃饭的时候，骑士就和一个有福气的人一般的开心。

苏三是他的一位聪明而富有雄心的得宠的女郎，她有阿尔诺·苏菲[①]的才能，而且和迪田想要请来站在黑色丝绒上面来帮助他的画笔去描绘美神维纳斯的最美丽的妓女一样的美丽；但是，虽然她的面貌在眼睛周围和额头上是精致的，她却有下面的平凡的轮廓。这是诺曼地的美丽，新鲜的、光亮的、丰满的，配合发

① Sophie Arnould，巴黎国立音乐厅的歌妓，以美丽和聪明著名。

尔纳斯·黑尔居尔的肌肉的鲁朋斯的皮肤，而不是阿波仑的温柔的女人梅迪西斯·维纳斯。

“好吧，我的孩子，请你告诉我你的小冒险，或是大冒险吧。”

使骑士自巴黎到北京都让人注意的就是他和这些娇艳女工所有的温和而带父道的态度；她们使他回忆到当年于十八世纪的三分之一的时间之中名贯全欧的国立音乐厅的著名的歌后们。当然，曾经生活在这个和一切大事情、和耶稣会徒或是海盗、和教士跟司捐一样被忘却的女人国里的绅士，他已经学得了一个不可抵抗的慈心，一种温柔的好脾气，一种没有自私主义的放任的态度，耶必达[①]在阿尔克孟家里愚笨的放弃他的霹雳的威力，而特别要在远离儒侬的地方疯狂而零星的吃尽他的阿林比亚山的一切微行。无论他的袍子是如何的用绿色的旧大马色布制成的，无论他的房子是如何的空虚（他就在这里接待客人，这房子的地上有一块代替地毡的破毛毡，几张脏旧的老靠椅，墙上贴着代表路易十六的侧面图和垂柳之下的他的家人的图像的旅馆所贴的纸张，这里，遗嘱是和抽签匣一般的印着，总之，这里有一切恐怖时代保王党所发明的刺激），无论他是如何的穷困，站在一只饰有破花边的金色梳妆台之前刮胡须的骑士却呼吸着十八世纪的空气！……青年时代的一切的放荡都重新出现了，他好像负有三十万佛郎的债务，而他的对舞者也就在他的门口等他似的。他是和莫斯科战败时给不存在的军队发号施令的柏尔提尔一样的伟大。

“骑士先生，”苏三滑稽的说，“我觉得我没有什么可以告诉您的，您只要瞧瞧就得了。”

于是苏三就侧面的立着，使她所说的话变成律师的答辩似的。

① Jupiter，希腊神话中的人物，诸神之王，儒侬（Junon）就是他的妻子。

骑士是个精细的代父（您得相信这一点）；他一边拿着剃刀倾斜的放在颈项上，一边低下眼睛，直视娇艳女士，装着去了解的样子。

“好，好，我的小白菜，我们一会儿再谈谈吧。但是，我觉得你未免太快了。”

“可是，骑士先生，我难道得等着我母亲打我、拉尔多夫人赶我吗？如果我不立刻到巴黎去的话，我绝不能够在这里结婚，因为这里的男人们未免太可笑了！”

“我的孩子，你要怎么呢？社会改变了；女人们是和贵族们一样，都成了正在酝酿的可怕的混乱的牺牲品。在政治的倒行逆施之后就来了风俗的倒行逆施。嗨！女人不久就不存在了（他动了动他的棉花，去安排他的耳朵）；她在情海中要大大的损失；她要绞曲他的神经，她不会再有我们那时代的小小的快乐，那时候她们可以毫无羞愧的希求这快乐，毫无顾忌的接收这快乐，人们只用神经病的发作来达到目的（他擦了擦他的小黑人头）；她们可以装着一种吃了一些橘叶汤就会结束的病。（他开始发笑了。）总之，结婚变成非常麻烦的事了（他取了钳子来拔毛发），我们那时代真是快乐啊！请你记住，我的孩子，路易十四、路易十五的朝代是给世界上最优美的风俗告别的时代。”

“但是，骑士先生，”娇艳的女工说，“现在只是您的小苏三的风俗和她的光荣的问题，我希望您不会抛弃她。”

“这怎么讲呢？”骑士一边嚷着，一边结完他的发髻，“我宁可损失我的家姓！”

“啊！”苏三说。

“听我的，小丑妇，”骑士说着，横卧在一张大靠椅上，这椅子是以前的人所称为公爵夫人椅的，是拉尔多夫人终于给他找到的。

他拉紧美焕的苏三，用膝部夹着她的两只腿。美丽的少女让他自由的舞弄，她这位在街中这样的目空一切，这位因为颂赞或菲薄阿郎桑男人的卑劣而曾经二十次拒绝不收他们所赠与的财产的女人。苏三就这样大胆的给骑士施展出所谓的罪恶，使这曾经测量过其他诈伪的存在的神秘的老罪人一目了然的看出了这事情的底蕴。他知道任何女人都不会拿真正的尊严来冒险，但是他却轻蔑的推翻这巧妙的扯谎的含糊的思想。

“我们诽谤我们自己，”骑士用难于仿效的精细微笑的说，“我们是和让我们改姓的那位美丽的女郎一样聪明的，我们可以毫无畏惧的结婚；但是我们不愿意在这里过苦生活，我们渴望巴黎，巴黎的迷人的女郎只要是聪明的都会变成富有的，我们不是傻瓜。所以，我们要去看看到底欢乐的都城是不是给我们保留有年青的发罗瓦骑士、一辆四轮马车、一些金刚钻、一个国立音乐厅的包厢。俄国人、英国人、奥国人，他们给我们带来几百万几百万的钱来，妈妈就是从这些钱里给我们指定一份嫁资，使我们幸福的。并且，我们还有爱国心，我们要帮助法兰西从这些先生的口袋里再取出金钱。呃！呃！亲爱的魔鬼的绵羊，这一切都并不坏。你所看见的社会也许会惊异的呼叫，但是成功可以解释一切。最不好的，我的孩子，就是没有钱，这是我们两个人所共有的毛病。因为我们很聪明，我们曾想过要利用我们的小小的光荣来欺骗老单身汉；但是这位老单身汉，我的心肝，他却知道一切的女性的狡猾，这就是说你把一粒盐放在鸟尾之上是比使我相信我混在你的事情中还要容易。请你到巴黎去，我的小孩子，牺牲一位独身者的虚荣而到那里去，我不会妨碍你这个，我会在那里帮助你，因为老单身汉，苏三，他是一个年青的少女的自然的保险柜。但是别把我放在里边。听，我的王后，你明白人生，你会给我做出许多的错过、许多的苦痛：错过吗？你会妨止我在遵守风俗的国度里结婚；许多的苦痛吗？事实上，你会碰壁的，这是我所不承认的，坏孩子！你知道，我的白菜，我什么也没有了，我就穷得跟教堂的老鼠一样。啊！如果我娶了高尔芒小姐，如果我又变成富有的，我一定要抽选你，而不要塞萨林。我总觉得你是精致得和拿来镀铅的黄金一般，你是天生预备让大贵族爱恋的。我相信你是太聪明的，你给我变的把戏一点儿也不会使我惊讶，我等着这把戏。在一位少女方面，这简直是投掷她的剑鞘。如果要这样举动的话，我的天使，就得有高贵的思念。所以，你是我所敬仰的！”

于是，他就用主教的态度在她的颊上给她送去一个保证。

“可是，骑士先生，我的确告诉您您错了，而且……”

她涨红了脸，不敢继续说下去；只在一瞥眼之中，骑士猜透了她的整个的计划。

“是的，我明白你的意思，你要我相信你！好，我相信。但是，请你听我的劝告，请你到布斯基埃先生家里去。五六个月以来你不是送衣服到布斯基埃先生家里去吗？哎，我并不是要问你在你们之间发生了什么事情；我认识他，他有自尊心，他是老单身汉，他很有钱，他有两千五百佛郎的年息，他只花费八百佛郎。如果你是我所想象的那样的聪明的话，你就可以叫他花钱让你去瞧巴黎。去吧，我的小鹿，请你笼络他去，特别得像一条丝线一般的松解，每说一句话都得拐两个弯，打一个结；他是害怕人家窃笑的人，如果他让你探询他的隐私的话……总之，你懂得，你得威胁他把你介绍给慈善会的贵妇们。并且，他是个有野心的人。好，一个男人应当受他妻子的引导而走到任何的地方。你不是相当的美丽、相当的聪明，可以使你的丈夫发迹吗？呃！你能够跟宫中的妇女声明不再计划这桩事了。”

受骑士的最后几句话的提醒的苏三颇为切望跑到布斯基埃先生家里去。为着避免突然就走出去起见，她就问骑士一些关于巴黎的事情，一边帮他穿衣服。骑士猜到他的指令的功效，就想方法催促她出去，叫她告诉塞萨林把拉尔多夫人每天早晨所给他预备的可可汤端上来。苏三退了出去，因而能够到她的牺牲品家里去。下面是她的牺牲品的传略。

布斯基埃是阿郎桑一个老家庭的后人，他是隔乎中产阶级和乡下绅士之间的人物。他的父亲曾经当过军事法庭的法官。父亲死后，一贫如洗，正如其他一切外省的穷人一样，布斯基埃就到巴黎去寻觅财富。革命初期的时候，他也置身于事业。和那些相信革命的廉洁的共和党人的意向正相反，那时候的事业都是不明不白的，一个政治的侦探，一个投机的商人，一个承供军粮的买卖家，一个在邑行政区总代表的同意之下而没收被迁移的贵族的财产，拿来自己承购，再为转售给别人的人物，一个部长和一位将军，他们都一样的置身于事业。自从一七九三至一七九九年之间，布斯基埃曾经当过法兰西军队的军粮承揽人。那时候，他有一所伟大的公馆，他是财政界的一个重要的人物，他和乌夫拉尔①做些半价的买卖，开着家门，过着当时的荒唐的生活，没有劳苦而得到麦收，窃取配给，富有许多情妇的小房屋，给共和政府的总裁丰设筵席的桑西拿杜斯②的生活。布斯基埃公民是巴拉斯的心腹，他和福赤最要好，和柏尔那多特很有交谊，他相信在参加一个一直秘密反对波拿巴特到马兰谷事变为止的党派而可以当一个部长。如果不是因为客礼曼的事情和德西的死亡，布斯基埃也就几乎成为伟大的政治家了。拿破仑的幸运使一个难产的政府计划一七九三年的举事，③ 他就是这政府的一个超卓的雇员。

出乎意外的马兰谷的胜利使印就传单要于第一总裁战死的情

---

① Ouvrard，法国革命时代和帝政时代的著名的军粮商人。

② Cincinnatus，罗马的独裁者，曾自耕于田野。

③ 原注，参阅《一桩莫名其妙的事情》。

况之下恢复孟泰额的系统的党派失败了。因为相信绝无胜利的可能，布斯基埃把大部分的财产都拿来做空头的买卖，而在战场上保留有两个报告消息的探子：第一个正在麦拉斯[①]得胜的时刻走了；但是夜里只有四个钟头的距离，第二个却来报告奥国军队的败北。布斯基埃咒诅客礼曼和德西，他不敢漫骂短他好几百万的第一总裁。这几百万的得失之间的变化使这位军粮商人损失了一切的机能，好几天的工夫他都变成了一个傻子；他已经过度的浪费他的生命，这打击使他变成毫无力量的。他跟政府方面的债权的清算使他还有一点儿希望；但是，无论他是如何的贿赂，他却碰到拿破仑对于那些阴谋使他失败的军粮商人的仇恨。这样有趣味的号为“金库费尔忙”的费尔忙先生就连一个苏也不留给布斯基埃。不道德的私生活，他和巴拉斯跟柏尔那多特的联系都使第一总裁比他在交易所方面所弄的把戏还要讨厌他；拿破仑把他的名字在税务总局局长的名单上涂抹去，因为他还有一些贷款，所以他就到阿郎桑来居住。豪华的布斯基埃先生现在就保留有国库大账上所登记的一千二百佛郎的养老金，是他当时闹着玩存放的，现在却救了他，使他不至于惨穷。他的债权人不知道清算的结果，只给他留下一千佛郎的无期公债；但是他们却由契券的收回和布斯基埃所占有的鲍西恩公馆的售卖而得到一切债务的偿还。所以，在掠过破产的风波之后，这位投机商人却完全保留有他的姓名。一个被第一总裁所毁坏，因为和过去的政府要人的关系，他的生活经验，他的暂时的权势而有声望的人，他就使全阿郎桑城的人对他发生兴趣，因为这里潜伏有保王党的势力。忿恨波拿巴特的布斯基埃述说第一总裁的穷苦、约瑟菲茵[②]的淫荡和革命十年的秘

① Melas，于马兰谷（Marengo）被拿破仑所击败的奥国将军。

② Josephine，拿破仑的爱人。

密的逸事，甚受人众的欢迎。这时候，他虽然已经是四十岁的人了，布斯基埃却显得好像是三十六岁的孩子似的，中等的身材，粮商一般的肥胖，炫耀着他那活泼的代理人的腿肚，令人特别注目的姿态，扁平而多毛的鼻孔；罩有浓厚的眉毛的黑眼睛发出达利兰先生一般的尖锐的目光，只是比较温和一点儿而已；他保留有共和党人的“二柳须”，而拖着相当长的棕色的头发。双手是由指骨上面的毛丛而加厚的，显得他有一副由突起的蓝色脉管而粗大的、丰富的筋肉。总之，他有发尔纳斯·黑尔居尔的胸脯和生来抬高公债价格的肩膀。我们现在只能够在多尔多尼看到这种肩膀。这种男性生活的丰盛，可以用前一世纪的一个常用的语词来亲切的描绘（这语词是现代的人所不容易懂得的）：在前一世纪的笔致之下，布斯基埃就是一个真正的付给拖欠尾数的付款人。但是，正如在发罗瓦骑士身上一样，在布斯基埃身上也有一些和他的一般的性格相反的征候。当年的军粮商人并没有他的肌肉所应当产生的声音，这声音并不是有的时候从这些两只脚的海豹口中吐出的轻弱的微声，相反的，这是强有力而被闭塞的声调，我们只能够拿他来和锯子锯潮湿的软木的声音相比较，然后才会懂得他的性质；总之，这是一个疲备了的投机商人的声音。

布斯基埃在相当的时间之内都保持着他在全盛时代所穿的服装：反滚的长靴、白丝的袜子、肉桂色的呢短裤、罗布斯皮尔式的背心和蓝色的礼服。无论第一总裁的仇恨是如何的给他加上外省的保王党的最高的衔头，布斯基埃先生一点儿也不受发罗瓦骑士所来往的七八个构成阿郎桑的圣日耳曼镇的家庭的接待。最初他曾企图娶阿尔盂德小姐，城中一个最有地位的贵族的妹妹，想要利用这婚姻来达到最后的目的，因为他要一个光荣的报复。可是他却遭到拒绝。他就以十来个当年制造阿郎桑花边、占有牧场和半兼做布业买卖的富有的家庭所给他的赔偿来安慰自己，因为说不定什么偶然的机会可以使他从中取利。事实上，这位老单身汉曾经集中他的希望到一个幸运的婚姻方面来，这希望好像是他的各种才能所允许他的，因为他并不缺少许多人所利用的财政的手腕。正如指导新入帮的倾家荡产的赌徒一样，他指示人家做投机的生活，归纳出许多的方法、许多的机会和进行的步骤。人家都认为他是一个能干的行政人员，人家常常讨论他，说他有任命为阿郎桑市长的希望；但是人家一想到他曾经混迹于共和政府中，人家就毁坏他，他始终没有受到区行政长官的接待。继着而来的一切的政府，甚至于“百日政权”的政府也拒绝不肯任命他做阿郎桑的市长，这是他所最切望的地位，如果能够得到这地位的话，他就可以和一位终于能够得到他的垂青的老小姐结婚。最初，对于帝政的厌恶把他投进保王党①的怀抱里，无论他在那里受到多少的侮辱，他都继续当保王党党员；但是，当布尔崩王室第一次回朝的时候，区行政长官之继续摈绝他于门外就给他感应了又深远又秘密的怀恨布尔崩王朝的心理，因为他还忍耐的忠实于他的原来的意见。他变成了阿郎桑的自由党的领袖、选举的幕后的指导党，而用他的无声的示威的才能和他的狡猾的手段来给复辟做下一个极大的祸害。正如一切只能够靠脑袋生存的人一样，布斯基埃在他的忿恨的情绪中带有表面柔弱而实为不可干涸的溪流的清静；他的忿恨有类黑人的忿恨，这忿恨是这样的平和、这样的忍耐，结果就骗住了他的敌人。阴蓄十五年的报复并没有因为任何的胜利而得到满足，就是一八三〇年的七月的胜利也不能够满足他。

发罗瓦骑士所以叫苏三到布斯基埃先生家里去是有用意的。

---

① 法国有保皇党与保王党二者，前者乃拥护拿破仑称帝的政党，后者则是拥护布尔崩王朝的政党，读者幸注意及之。

无论他们是如何聪明的矫饰，不让全城的人知道他们的共同的希望，这位自由党和这位保王党都互相猜中了彼此的意向。这两位老单身汉是情敌。两个人都计划和发罗瓦先生刚才对苏三所说的这位高尔芒小姐结婚。这两个人都在自己的思念之中打滚，装做不在乎的神气，等着可以给他们送这位老小姐来的偶然的机会。所以，虽然使他们发出激烈意见的党派的距离并没把这两位单身汉分开，他们的争风却使他们变成两个仇敌了。时代是在穿行时代的人的身上褪色的。这两个人物刚刚好可以用印在他们的身姿、他们的谈吐、他们的思想、他们的服装之上的历史的色彩的对照来证明这句格言的真理。一个是粗糙的、蛮干的，慷慨而突然的行径，短简而刺耳的言词，漆黑的色调、头发和眼神，可怕的外表，事实上却跟暴动一样的无能力，刚刚好代表了共和。另外一个是温和而多礼的、洒脱而谨慎的，用迟慢而不失败的外交手腕去达成他的目的，讲究趣味，正是当年的宫臣的影像。这两位仇敌几乎每天夜晚都在同一的地带上相逢遇。骑士的作战是客气的、和善的，但是布斯基埃的战斗却是没有礼貌的，虽然尚保留有社会所强制于他的仪礼，因为他不愿意让人驱出他的地位。只有他们自己明白的互相了解。不论外省人对于他们的生活范围内的小利益有如何的特殊精细的观察力，他们却谁也没有疑惑到这两个人的敌对。发罗瓦骑士先生有一个超卓的姿态，他从来没有向高尔芒小姐求婚过；但是失败之后而把自己安置在地区的最高贵的家庭之列的布斯基埃先生却遭受过小姐的拒绝。不过骑士还假定他的情敌大有机会用苏三这样锻炼过的剑锋来给他深深的送来一个约尔纳克[1]的致命伤。骑士已经在布斯基埃的水中试探过他的深

① Jarnac，法兰西十六世纪的军人，曾以不提防的创击在决斗中杀死他的对手。

度；正如下面所要看出来的，他的猜测向来是不会错误的。

苏三快步的走出了公共运动场街，经过了西埃斯门街和柏尔盖伊街，一直到了十五年前布斯基埃就在那里买有一所用类似诺曼地的花岗石和布列颠的叶纹石的楚桑石盖成的外省的小房子的天鹅街。当年的军粮商人是比城里的任何人都更舒服的住在那里，因为他还保留有一些他的全盛时代的家具；但是外省的风俗却使坠落的萨当那巴尔[1]的光辉失去华彩。以往的奢侈的遗留在他家里发生出一道类似仓库的灯光的效果。联系一切人事和天工的调和却不存在于他的大大小小的事物之中。在一只美丽的衣橱之上放着一只带盖的水罐，正是人们可以在布列颠近周所看到的一样。如果他的卧室铺有美丽的地毡的话，十字窗的窗帘却显示出一块卑劣的印花布所制的玫瑰花形的饰物。壁炉是漆得含糊的石头所砌成的，和不大体面的一架美丽的挂钟，在可怜的炉台旁边结为盟友。拭不掉足迹的楼梯并没有油上颜色。当地的油漆匠把他乱七八糟雕成凸形的门户是用他们那尖锐的呀声来恐吓眼睛的。正如布斯基埃所代表的时代，这所房子是许多污秽和伟大的东西的混合。人家认为布斯基埃是一个舒适的人，他过着骑士式的寄生的生活；然而骑士却总是一个可以致富的人物，他没有花费过他的岁收。他只有一个愚笨的仆人，相当幼稚的孩子，好像猩猩一样的由布斯基埃慢慢的教他洗擦寓所、拭拂家具、给长靴擦油、刷衣服，阴天的时候晚上带灯笼、下雨的时候脚上穿木屐来找他。正如一部分的物类一样，这位孩子只有对付一种恶嗜的能才，他是好吃的。当布斯基埃排设华丽宴筵的时候，他总叫脱下他那口袋在腰边摇荡而塞有一块手绢、一把木柄小刀、一颗果子或是一把钳子的笔直的蓝色棉布短衣，叫他穿上一件制服，让他伺候。

① Sardanapale，传说中的人物，代表放荡的王公。

于是，雷纳就和其他的仆人一块儿吃得过分的饱满。这种慷慨是布斯基埃拿来报答他的仆人的，这使他赢得他的布列颠仆人的绝对的谨慎。

“您在这儿，小姐，”雷纳看见苏三进来，就对她说，“这不是您的日子，我们没有任何的衣服可以给拉尔多夫人洗的。”

“大傻瓜！”苏三笑着说。

好看的小姑娘走上楼去，让雷纳去完结他在牛奶中所煮的一块碟子大的乔麦饼。布斯基埃还躺在床上，再三思考着他的发财的计划，因为他只能够变成一位有野心的人，正如一切曾经过分的榨取欢乐的汁液的人一样。野心和赌博是不可竭尽的，所以，在一个神经健全的人身上，从脑中迸发出来的情感往往会遗存在心脏所流溢的情感之中。

“我在这儿。”苏三一边说，一边坐在床上，用一个突然的横暴的动作拉开帐幕，使其在撑幕铁棒上作响。

“啥事呀，我的迷人的女郎？”老单身汉说着，在床褥中坐起。

“先生，”苏三沉下脸孔说，“您一定很奇怪我这样的到这里来；但是我是处在管不得人家如何的批评我的环境里。”

“这是什么意思呀？”布斯基埃叉着手臂，说。

“可是，您难道不明白我的意思吗？”苏三说。“我知道，”她努着雅致的小嘴唇，接着说，“让一位可怜的穷女人来为您所认为悲惨的事情而打搅一个老单身汉是如何的可笑。但是，您认识我认识得很清楚，先生，如果我能为一个和我归心于您一样的归心于我的男人做些事情的话，您就永远也不会懊悔娶我了。这里，比方说，这里并不是我可以替您干大事情的地方；但是，如果我们到巴黎去的话，您就可以看出，当人家彻头彻尾的改组政府，当外国人做了主子的时候，我会把一位像您这样聪明有办法的男人引到什么地方去。总之，在我们之间所应当谈的这个问题，这难道是一个不幸吗？有一天您会还付许多的钱，这难道不是一个幸福吗？您是为谁而有兴味，为谁而工作呢？”

“为我自己呀！”布斯基埃粗野的喊叫。

“老怪物，您一辈子也做不了父亲！”苏三说，给她的语句加上先知的咒诅的声调。

“算了吧，别做傻事啦，苏三，”布斯基埃接着说，“我相信我还在做梦哩。”

“可是，您得怎么样才相信呢？”苏三叫着，站了起来。

布斯基埃用一种急躁的转动来揣摩他头上的棉帽子，这转动指明在他的思想中有个不可思议的烦扰。

“可是他已经相信了，”苏三对自己说，“他已经被这句话拍上了。好家伙，这些男子真容易上当啊！”

“苏三，你要我做什么鬼呢？这太奇怪了……我相信……事实是……不，绝不，这是不可能的……”

“怎么，您不能够娶我吗？”

“啊！这个么？不，我有约。”

“到底是阿尔孟德小姐呢，还是高尔芒小姐呢？她们两个人不都是已经拒绝过您了吗？请您听，布斯基埃先生，我的名誉不需要叫武装警察把您带到市政府里去。我并不缺乏丈夫，我一点儿也不要一个不欣赏我的价值的男子。有一天，您总会懊悔您的行为。因为，如果您今天拒绝去拿您的财产的话，世界上的任何东西，甚至于黄金或白银，都不能够让我给您送回您的财富。”

“但是，苏三，你有把握吗？……”

“啊！先生！”娇艳的女工夸耀着自己的道德说，“您把我当做什么人呢？我不叫您记起您所对我说的那些话，这些话简直是侮辱了一位除了有同样的野心和爱情以外就没有其他的错过的可怜的女人。”

布斯基埃有了成千的相反的情绪，他快乐，他狐疑，他计算。好久以来他就决定要娶高尔芒小姐，因为他所再三熟思的宪法给他的野心开了一条竞选为议员的政治的大道。他和这位老小姐的结婚应当可以把他安置在全城的高处，使他可以得到一个极大的影响。所以，苏三所给他掀起的风波就把他坠入一个剧烈的纷扰之中。没有这个秘密的希望的话，他就会毫不考虑的娶了苏三。他也就可以坦白的当了阿郎桑的自由党的领袖。结了这一类的姻缘之后，他就得放弃上流社会，而重新坠入商人、富裕的工业家、牧者等所组织的中产阶级之中，他们而且会把他顺利的列为他们的候选人。布斯基埃已经预先看到反对党。他并没有隐瞒这种正式的决定，他把手伸到头上去，绞着给他遮蔽秃头的他的帽子。正如一切喜出望外的人一样，苏三还继续着她的惊愕。为着隐蔽她的惊讶起见，她就摆出一个站在诱惑家面前的受辱的女人的悲凉姿势，但是她心里却和一个狡狯的娇艳女工一样的暗笑。

“我亲爱的孩子，我不上这一类的当，我！”

这是结束当年的军粮商人的议论的短简的语句。布斯基埃自觉很荣幸，能够属于不愿意受女人的欺骗、认为一切的女人都是可怀疑的犬儒学派的哲学家的一群。这些绝顶聪明的学人多半都是身体虚弱的人，他们有一些关于对付女人的教条。在他们看来，自从法兰西的王后到贩卖时装的女店员为止，她们本质上都是放荡的、卑劣的、杀人的，而且有点妖孽、十足的骗子，除了零星的琐事以外不能够思想其他的东西。在他们看来，女人们都是应当让她们跳舞、唱歌和嘻笑的恶作剧的歌妓；他们并不在她们身上看出有任何神圣或伟大的成分；在他们看来，这并不是感觉的诗章，而是粗野的肉感。他们就像是一些把厨房看做饭厅的好吃的人。依据这个法典，如果女人不是经常的受人虐待的话，她就会把男人沦落到奴隶的地位。在这一点上，布斯基埃又是和发罗瓦骑士相反的。说着这一句话的时候，他把帽子扔在床脚，就好像格礼高瓦尔教皇大发雷霆，驱人出教时打翻大烛一般。苏三于是就知道这位老单身汉头上带有一只假发。

"请您记住，布斯基埃先生，"苏三庄严的回答，"我到这里来找您，我已经尽了我的责任了；请您记住我已经向您求过婚；但是也请您记住，我所放在我的行为里头的是一位自己尊敬自己的女人的尊严；我并没有像一位傻女孩子一般的低着头哭，我并没有坚持过，我一点儿也没有烦扰您。现在，您知道我的地位。您知道我不能够留在阿郎桑：我的母亲要打我；拉尔多夫人总是讲道德，好像她要从头再按道德做事似的，她要赶走我。像我这样的一个穷女工，我要到救济院去吗？我要去讨饭去吗？不！我宁可投进光河或是沙尔特河。但是到巴黎去不是更简单的吗？我母亲可以找到一个借口把我送到那里去：说是我的舅舅，或是我的一位临死的舅母，或是一个要我得到好处的贵妇叫我去的。问题只是得有钱做路费，而照您所知道的……"

这消息在布斯基埃方面的重要性，是比他在发罗瓦骑士方面的重要性高上一千倍的；但是只有他和骑士知道这篇故事的结局所要揭破的秘密。目前，我们只说苏三的撒谎是如何的使这位老单身汉的思想大形混乱，使他不能够严正的思考就够了。因为自尊心是一个从来没有缺乏被骗人的骗子，如果没有这个扰搅，没有他的内心的喜悦的话，他一定会以为像苏三这样心地还没有腐化的老实的女人恐怕会在开始这一类的谈论、开口向他要钱之前死去一百次了。他一定会从这位娇艳女工的眼色里认出，可以为压宝而杀人的赌徒的残暴的卑鄙。

"那么，你要到巴黎去吗？"他说。

听着这句话的时候，苏三忽然发出一道使她的灰色眼变成黄金色的快乐的闪光，然而幸运的布斯基埃却一点儿也没有看出。

布斯基埃把手伸到头上去，绞着给他遮蔽秃头的他的帽子。

“可不是嘛，先生！”

布斯基埃开始了奇异的诉穷：他刚付了最后一笔的房价，他得满足油漆匠、泥水匠、细木匠；但是苏三就让他说下去，她只等着他说出数目。布斯基埃答应一百厄古。苏三装做台房的术语所谓的假出场，她朝着房门走。

“呃，你到哪儿去呀？”不放心的布斯基埃说。“——这原来就是单身汉的美丽的生活！”他对自己说着，“我希望魔鬼带走我，如果我记得我曾经揉皱过她的其他的东西，而不是她的小颈圈的话！……呃，呸！她自作主意开了一个玩笑，想要从您身上急速的敲出一张银票来！”

“但是，先生，”苏三哭着说，“我到葛兰桑夫人家里去。照我所知道的，这位母亲会的会计几乎从水中拉出过一位同样情形的可怜的少女。”

“葛兰桑夫人吗？”

“是的，”苏三说，“高尔芒小姐的亲戚、母亲会的会长。在您的注目之下，城里的太太们曾经组织过一个阻止可怜的妇女去毁灭她们的孩子的会社，人家曾经在莫尔泰额弄死过一个女孩子，这是三年前的事，就是美丽的阿尔贞丹·福斯丁。”

“拿着去吧，苏三，”布斯基埃一边说，一边给她递过一把钥匙，“请你自己去开那只写字台，去取那只还存有六百佛郎的破损的钱包，这是我所有的钱。”

老军粮商人用他那失望的神色显得他是如何的不愿意自己来执行。

“这个老糊涂！”苏三对自己说，“我要谈到他的假发。”

她拿布斯基埃来跟没有给过任何东西，然而却懂得她，给她出过主意，把娇艳女工们放在心里的发罗瓦骑士相比较。

“如果你欺骗我的话，苏三，”他看见她的手探进抽屉，就喊叫了起来，“你……”

“但是先生，”她用傲慢的、无礼的态度打断他的话说，“我跟您要，您却不给我吗？”

一旦被人唤醒了风流的往事，军粮商人就回想到他的美丽的日子，而叫人听他吐出一声不平的共鸣。苏三拿了钱包，走了出去，让老单身汉吻着她的额头。老孩子好像要说下面这句话的神气：“这是使我大破费的一个权利。这总比在重罪裁判所被律师当做一位杀死婴孩的女人的诱奸人来判罪好一点。”

苏三把钱包藏在臂上所带的细柳面包袋里，一边骂着布斯基埃的吝啬，因为她要一千佛郎。一旦因为有了欲望而变坏了心肠，当她的脚步走上了欺诈的道上的时候，一位女人就会越走越远的。当这位美丽的熨衣女工在柏尔盖伊街上走路的时候，她心里想高尔芒小姐所指导的母亲会也许会给她补足她的费用所需要的数目，这数目以一位娇艳女工来说，是相当可观的。随后，她就怀恨布斯基埃。这位老单身汉似乎有点疑心她知道她所冒称的葛兰桑夫人的罪恶；冒着拿不到母亲会的一个子儿的危险的苏三，她要在离开阿郎桑之前把当年的军粮商人扔在外省的喧嚣的、不可清理的荆棘之中。在娇艳女工身上，往往都有一些猴子一般的恶作剧的聪明。苏三就走进了葛兰桑夫人家里，带着一副忧愁的脸孔。

葛兰桑夫人是一位死在耶那战役之中的炮兵中校的寡妇，她所有的财产就是她的九百佛郎的津贴、自己所有的一百厄古的年金，再加上一位把她的节约花耗在教育费和生活费之上的儿子。她在柏尔盖伊街中占有一所旅客在小城市的主要街道中可以一眼瞥见清楚的房屋的地面楼。这是一扇破损的房门，装在三只梭锥体形的台阶之上；一条进口的走廊通到一只内院，院落的尽头有一只上面盖有木廊的楼梯。饭厅和厨房就在走廊的一边，走廊的另外一边是一间各种用处的客厅和一间寡妇的卧室。二十三岁的年青的葛兰桑·阿丹那斯就住在这所房子的第二层楼上面的屋顶楼中，他给他的母亲带来他的亲戚高尔芒小姐替他在市政府里找到的一个小差事所给他产生的六百佛郎，他在市政府里办理关于身份证的事情。依据这些指示，每一个人都可以看见葛兰桑夫人在她那饰有黄色窗帘和黄色榆特哈特丝绒制的家具的冰冷的客厅里于客人走后把她放在椅前用以避免脏污擦亮的红石板的小草垫拿回原来的地方，然后又把她那饰有椅垫的靠椅拿来，重新坐在两个十字窗中间的炮兵中校肖像的下面，勤紧的工作着，她就是从这地方瞟眼瞧视柏尔盖伊街的一切的行人的。她是一位善良的妇女，穿着一身的简洁的中产阶级的服装，和她那苍白而被悲哀所衰瘦的脸孔正好相调和。穷困所表现的严格的俭朴可以在这家庭的一切的附属品中看得出来，这里呼吸着外省的诚实的严肃的风气。这时刻，母子二人正好都在饭厅里吃着由一杯咖啡、一些牛油和小萝卜所凑成的早点。为着明白苏三的访问如何的使葛兰桑夫人喜悦起见，我们得解释母子二人的秘密的兴趣。

葛兰桑·阿丹那斯是个衰瘦而苍白的青年，中等的身材，凹形的脸孔，两只富有思想的黑眼睛就好像是两颗黑炭似的。略带愁苦的脸纹，嘴部的曲线，突然隆起的颔部，云母石一般的额头的切图，因为困苦的情绪所生的悲哀的表情，这一切都和他所自知的力量相反的，表现出他是一个赋有含蓄的才能的人物。所以，无论在阿郎桑城的哪一个地方，一看见到他，超卓的男人们或是认识他们潜存的天才的妇女们都愿意给他帮忙。如果这不是天才的话，这就是天才所有的形状；如果这不是一颗伟大的心灵的力量的话，这就是这力量所给人眼印上的光辉。虽然他能够表达最高的感觉性，懦怯的外表甚至于都毁灭了他的青春的温雅，正如穷困的寒冷妨碍他发出胆量一样。没有计划、没有赞助、没有鼓励的外省的生活简直是圈死了还没有萌芽的思想。阿丹那斯而且有穷苦在英拔的人物身上所激发的这种粗野的傲气，这傲气使他们在和人物的斗争中渐渐的长大，然而自从生命开始的那一天起却就阻碍了他们的成功。天才有两种实现的方式：或是当他一看见自己的才能的时候，立刻就利用他，正如拿破仑和莫利哀一样；或是当他慢慢的忍耐的显露的时候，他就等着人家来找他。年青的葛兰桑是属于不自知而容易气馁的天才的一群。他的心灵是冥索索的，他多半是为思想而不是为行动而活着。也许在那些没有法兰西人的动情的爆发就看不出天才的人看来，他似乎是不完全的；但是他在精神世界之中是强有力的，他应当可以由俗人所不知道的感情而走到下了确定感情、使人说"他发疯了"的突然的决心的地步。

社会对于贫穷所加的轻蔑杀害了阿丹那斯；没有过堂风的僻地里所有的令人痿痹的热气使一个老是张着的弓弦松弛，心灵也因为这没有结果的可怕的挣扎而觉得疲惫。阿丹那斯是个可以插足法兰西最伟大的人物的行列之中的人；但是这个关在牢笼之中而找不到饲料的鹰鸟却在一眼瞧了自由的田野和培养天才的阿尔柏山之后要因饥饿而死去。虽然他在城里的图书馆中的工作没有得到人家的注意，虽然他把他的光荣的思想埋藏在他的灵魂之中(因为这些思想可以损害他)，但是他却更深刻的掩埋他的心灵的秘密，一种使他脸孔瘦陷、额头发黄的情感。他爱慕他的远支的亲戚，这位他不知道的情敌发罗瓦骑士和布斯基埃所窥伺的高尔芒小姐。这种爱情是计算所生的结果。高尔芒小姐是人家所认为全城最富有的人之中的一个：可怜的孩子是受物质幸福的欲求，娱悦老母晚景的一千次的愿望，思想家所必要的优裕生活的羡慕的引诱而来爱她的；但是这种毫无罪戾的出发点却使他觉得他的情感是不光荣的。他还害怕社会所要给爱上一位四十岁老小姐的二十三岁的青年的爱情投去的冷笑。然而，他的情感却的确是真实的；因为这种在其他任何的地方都好像是虚假的事情却能够在外省实现。事实上，那里那没有偶发、没有运动、没有神秘的风俗都使结婚变成必要的。任何的家庭都不接待一个放荡的青年。无论在都城之中一个类似阿丹那斯的青年和一个类似苏三的美女的结合是如何的可以显得自然，但是在外省，这种结合却就恐吓或瓦解了一位穷苦的青年的婚姻，这里，谁也不计较那些有财产的未婚夫妇的已往的丑事。在某种腐败的结合和真挚的爱情中，一个没有财产的有心人并不犹豫：他宁可选择道德上的不幸，而不挑选罪恶上的不幸。但是，在外省能够使青年溺爱的女人却并不多。在一个一切都是计算的国度里，他没有方法得到一位富裕的美女，他也不能够爱恋一位穷苦的美女。正如外省人所说的，这就等于饥饿和口渴二者的结婚。总之，青年时代的修士式的孤单是危险的。

这些思考可以解释为什么外省的生活是这样坚强的建筑在婚姻的基础之上。所以，不得不避免穷困的热烈而活泼的天才都得离开这冷冰冰的地带。因为在这里，思想要逢遇到一种决绝的无人理睬的压迫；在这里，没有女人不会或不要在一位科学家或是艺术家身边当一个仁慈会的修女。谁会注意到阿丹那斯对于高尔芒小姐的爱慕呢？这绝不会是那些在这里找到他们的妃妾的社会的苏丹，这些富豪的人家，也不会是坐享其成的中产阶级，也不会是那些一点儿也看不出艺术家的情感，强制艺术家忍受他的品德所得到的报复刑，以为统治两性的是同样的律则的女人们。

也许我们应当在这里想到那些正在发展力量而感受最初的欲望即被抑制的苦楚的年青人，那些因为才能受贫苦的窒息而生出病痛的艺术家，那些受迫害、无靠山、没有朋友而终于跳出身心的困苦所生的双重的忧闷的才人。他们知道清楚吞灭阿丹那斯的癌肿的刺痛；他们动摇那些在他没有方法实现的大目的之前所做下的深长而残忍的决定；他们不知不觉的腐毁了壅塞荒岸的天才的鱼秧。他们知道欲望的大小是以幻想的范围为尺度的。他们越站得高，他们就越跌得低；而在这跌落之中要断折多少的联系啊！正如阿丹那斯一样，他们的尖锐的目光已经发现了等待他们的光明的前途，他们相信这前途只是被一块透明的丝织物分隔着，这块丝织物并不阻碍他们的眼睛，然而社会却把他变成一扇无情的高墙。在神召和艺术的感觉的催促之下，他们也曾经多次的找寻使自己变成社会所不断加以物质化的情感的工具。怎么，外省就在使自己富裕的目的之下来计算、来安排婚姻，而不给可怜的艺术家、科学家一个双重的命运，使他利用这婚姻来拯救他的思想，来保证他的存在吗？

在这些思想的激动之下，葛兰桑·阿丹那斯最初认为他和高尔芒小姐的结婚是一种用来停止他的呆定的生活的方法；他可以向光荣的方向走，使他的母亲幸福，他自己也知道他会忠实的爱高尔芒小姐。不久，他的真实的意志就在不知不觉之中产生了一种诚挚的感情；他开始研究这位老小姐，因为习惯的威力，终于只看出她的美丽，而忘记了她的缺点。在一位二十三岁的青年人身上，性感在爱情中的地位是很重要的！性感的烈火就在他的眼睛和女人之间当了一个染有颜色的眼镜。在这一点上，舞台上所表演的齐虑朋用以获得马尔西琳的紧抱实在是鲍马赤的天才的流露。但是，如果人家想到在阿丹那斯的穷苦孤独的生活中高尔芒小姐是他的眼睛所看到的唯一的图像，她不断的吸引他的视线，光线整个的落在她身上的话，人家不是会觉得这感情是自然的吗？这种这样深隐的情绪应当是一天大似一天的。欲望、苦恼、希望、默思在每小时注入一滴水的平静的湖中生长，这个湖就伸展到阿丹那斯的灵魂里来。陪着性觉而来的幻想所描绘的内心的范围越扩大，高尔芒小姐就变成越有力量的，阿丹那斯也就变成越懦怯的了。他的母亲猜透了一切。母亲是外省的女人，她心里天真的计算着这桩事情的利益。她对自己说，高尔芒小姐能够找到一位有才能、可以使家庭和国家都荣耀的二十三岁的年青人做丈夫，她应当是很幸福的；但是她也觉得，阿丹那斯所有的少许的财产和高尔芒小姐的年龄的障碍实在是难于克制的：她只希望用忍耐来征服这困难。正如布斯基埃一样，正如发罗瓦骑士一样，她也有她的政策，她等待着环境的变化，她以利害和母爱之心所给她的精细来等侯时机的来临。葛兰桑夫人一点儿也没有怀疑发罗瓦骑士；但是她假定布斯基埃虽然遭遇拒绝，一定还有许多的野心。葛兰桑夫人是老军粮商人的秘密的劲敌，她给他做下一个滔天的大祸，来帮助她的儿子，不过她还没有对她的儿子说到她的阴险的手段罢了。现在，谁不会懂得一旦告诉了葛兰桑夫人，苏三的撒谎的机密所要得到的重要性呢？原来母亲会会计、仁慈会妇女的手中有这么利害的武器啊！她就这样的甘言蜜语的传播着这新闻，为贞洁的苏三求援助！

这时刻，曲肱依桌沉思的阿丹那斯正在空碗中舞弄着他的汤匙，用一只忙乱的眼睛欣赏着铺有红色石板、放有卑贱椅子和漆过的木碗橱、挂有类似棋盘的红白相间的窗帘、贴有酒楼的旧画纸的这间由一扇玻璃门通到厨房的饭厅。因为他是靠着壁炉坐在母亲的对面，因为壁炉差不多就在门前，这苍白而被街中透进的阳光照耀发亮的脸孔，这盖有黑色的美发的脑袋，这被失望所奋激、清晨的思想所燃烧的眼睛，立刻就呈现在苏三的眼睛之上。娇艳的女工当然是有悲惨的本能和心坎的苦痛的，她就感觉到这一道不知何来的闪电的火花。这火花是不可思议的，是一股精神健全的人所没有的，但是他的感通作用则是许多男女所证明的。这既是照耀黑暗前途的灯光，又是同心的爱情的纯粹的享受的预知，又是彼此互相了解的确证。这特别是像灵动的手巧妙而有力的触动感觉的枢纽似的。视线被一种不可抵抗的吸力蛊惑了，心坎感动了，幸福的音调振荡在灵魂和耳朵之中，一道声音叫着：这是他！然后，常常的，思考就在这沸腾的感情上灌冷水，一切的话都算是说完了。和霹雳一般快速的一刹那之间，苏三心中收到了一大串的思念。一道真正爱情的闪光烧毁了放荡和怠忽的春风所孵化的野草。她懂得她是如何的失去了她的圣洁、她的伟大，这样不应该的枯萎了自己。前夜在她眼里只认为是笑话的现在却变成了加在她身上的严重的裁判了。她在她的成功之前退缩了。但是，结果的不可能、阿丹那斯的贫穷、空泛的致富的希望、从巴黎满载而归而对他说"我爱你!"的希冀和命运（如果我们要这样说的话）却晒干了这甘霖。富有野心的娇艳女工懦怯的请求，要和葛兰桑夫人谈一会儿话，夫人带她到卧室里去。当苏三出来的时候，她又第二次见到阿丹那斯，她发现他还是同样的姿势，她抑制了自己的眼泪。至于葛兰桑夫人呢？她非常的快乐！她终于得到了一个对付布斯基埃的可怕的武器，她可以给他打上一个致命伤。所以，她就答应这位被诱惑的可怜的女人，能够叫仁慈会的全体的妇女和母亲会的全体的东家来支援她；她计划当天就去拜访一打的亲友，而在拜访之中来给老单身汉的头上结成一个可畏的风涛。预先看到事情的转向的发罗瓦骑士并没有想到这桩事会产生出这么大的笑话。

"我的孩子，"葛兰桑夫人对她的儿子说，"你知道我们要到高尔芒小姐家里吃晚饭去，请你在你的服装上多费一点儿心。你错了，你总是不大注意你的装束，你就好像生来是强盗似的。请你穿上那件有襟饰的好看的衬衣，那件埃尔倍夫呢的绿色礼服吧。我有我的道理，"她用精致的神气加上一句说，"并且高尔芒小姐要动身到皮勒保德去，她家里一定有许多的客人。当一位年青人要结婚的时候，他得应用一切的工具来使人喜悦。如果女人们要说真话的话，我的天哪，孩子，你会觉得奇怪使她溺爱的到底是些什么东西。常常是，只要一个男子曾经在马队之前骑上马，或是曾经在跳舞会里用他的合式的衣服出过风头就够了。常常是，他的脑袋的某种神气、他的一个悲哀的姿势就可以使女人猜想到他的整个的生活；我们是用英雄来虚构我们的小说的；这常常只是一个傻子，但是婚姻却结下了。请你观察观察发罗瓦骑士，请你研究研究他，学他的举止；和他那样从容不迫的出现一般的瞧着，他并没有你这样的矫揉造作的神气。请你多说一点儿话；别让人家说你什么也不会，你这懂得背诵希伯来文的孩子！”

阿丹那斯惊愕而贴伏的听着母亲说话，随后他就站了起来，戴上他的帽子，到市政府去，一边对自己说：“我妈妈猜中了我的心绪吗？”

他走过高尔芒小姐所居住的发尔—诺贝尔街；这是他每日早晨所给自己的小快乐。他就对自己说了成千的虚幻的话：

“她绝对不会疑惑这时候在她的房前刚好走过一位非常爱她，要忠实于她，绝不使她悲哀，让她自由处置自己的财产而不想染指其间的年青人。我的天哪！多坏的命运啊！在同一座城里，只差两步路，像我们这样的两个人就有这样的不同的环境，没有任何的东西可以使这两种环境接近！如果今天晚上我跟她说话呢？”

这时候，苏三回到母亲的家里，心中只管思念着阿丹那斯；正如许多能够为敬佩的男子祝愿人类的力量所不能做到的幸运的女人一样，她觉得能够用美丽的身躯给他做下一个过桥拐，使他能够立刻得到光荣。

现在，我们有走进这位老小姐的家里来的必要了，这是许多的兴味的集合场，这幕景的角色们应当每天晚上来的聚会所，除了苏三以外。这位高大而美丽的女郎，正如阿历山大一样，在生命开端的时候，她就相当大胆的破釜沉舟，用虚假的撒谎来挣扎，她却在舞台上给他介绍一个饶有兴趣的元素之后失踪了。她的愿望已经满足了。几天之后，她就离开了她的出生的城市，带着许多的金钱和许多的装饰品，其中有一件上等的绿绸袍和发罗瓦骑士所赠给她的一顶浅红里的精致的绿色帽，这是她比什么都更喜欢，甚至于比母亲会的妇女们所给她的钱都更使她高兴的礼物。如果当她在巴黎大出风头的时候，骑士到巴黎来的话，她一定会因为他而走开。正如老年人很难会见的《圣经》中所述的贞洁的苏三一样，她很幸福而富有希望的住在巴黎。然而就在这时刻，全阿郎桑城的人却为她的不幸而叹息，仁慈会和母亲会的妇女们也为她的不幸而表示热烈的同情。如果苏三代表了占有离奇的巴黎所给渊博的医生送去的主顾之中的三分之一的数目的诺曼地的美女的话，她却继续居留在风流世界的最高和最低的地带。在发罗瓦骑士所说的没有女人的存在的时代里，她只是简简单单的发尔—诺贝尔夫人；以前，她曾经当过罗多甫、英皮里亚、宁侬等女人的竞争者。复辟时代的一个最为出色的作家曾经把她招致在他的保护之下，也许他会娶她为妻；他是新闻记者，总是超过舆论，因为他每六年都制造出一个新的意见。

第二章　高尔芒小姐

在法兰西，一切的次等行政区都存在有一个许多大家所敬仰的占有相当地位的人物来聚会的沙龙，不过这些人物还不能算是社会的精华罢了。家庭的主人和主妇也算是城里的优秀分子之一员，在他们所喜欢去的地方都受人家的接待；城里所有的任何的节庆或是外交的宴会，都缺不了邀请他们来参加；但是占有丰沃的土地的别宫的人物或是世卿，省里的上流社会，却并不到他们家里来，和他们还是在彼此拜访、彼此邀请宴会的交谊之中。这种混合的沙龙是那些有固定职业的小贵族、僧侣、官吏们互相见面的场所，颇有他的影响。乡土的精神就存在于这个结实不华的会社之中，在那里，每一个人都知道邻居的收入，讲解对于奢侈品和服装完全不感兴趣的道理，认为和好几年的努力才能得到的耕地相比较，这些奢侈品和服装简直是小巫见大巫。这沙龙而且是产生庞大的外交阴谋的地方。无论是好评或是恶评，这个文社都是不可动摇的，他都是一直走着他的路径，既不瞻前，也不顾后。除非经过长久的考究之外，他绝不允许任何巴黎的风尚，拒绝穿用羊毛的围巾，也不在国库大账上存放钱款，窃笑新出的小说，不读任何的书籍，愿意整个的不知道什么科学、文艺、工业的发明。他要求改派不合作的区行政长官，如果行政长官抵抗的话，他就好像蜜蜂用蜡来遮盖跑进窝里的蜗牛一般的和他隔离。总之，在那里，随便的聊天往往会变成正式的判决书。所以，虽然这里只有一些赌戏，年青的妇女们却不远千里而来的到这里来寻找人家对于她们的行为的赞许、对于她们的重要性的确认。这家庭所有的优越的地位往往刺激了几个本地人的自尊心，他们也只好用计算这家庭的费用和自己的得益来安慰自己了。如果碰不到相当的财富来维持一个公开的场所的话，负有重望的人就挑选了一位无害的人的家庭来做聚会的地点，因为这个人的停滞的生活、他的性格和他的地位可以让这会社在他家里统治，而不损伤每一个人的虚荣和利益。所以，好久以来，阿郎桑的高等社会就在这位老小姐家里聚会，这位老小姐的财富正是她的表姐葛兰桑夫人和我们刚才所揭破的这两位老单身汉的秘密的希望所瞄准的，不过她不知道罢了。这位小姐和她的舅舅（前时的西埃斯的代理主教）生活在一起。舅舅是她的从前的保护人，她应当继承他的遗产。那时候这家庭的代表是高尔芒·露丝—玛利—维克多尔，这一家从前是这一省的大户。虽然是平民之家，他却和贵族有交往，常常和贵族通婚；这一家从前曾经给阿郎桑公爵供给过好几位管家、法官，给教会产生过好几位主教。高尔芒小姐的外祖父施本德爵士先生曾被贵族举为三民会议的议员，他的父亲高尔芒先生也曾被举为这会议的平民议员；但是他们都不接受这职务。差不多一百年来，这一家的小姐总是嫁给本省的贵族，这一家就这样的在这公爵封地之中生萌蘖一般的繁殖着，在这里围绕了一切的世系。任何的中产阶级都没有这一家那样的类似于贵族。

高尔芒小姐所居住的房子是亨利四世治下的阿郎桑最后的公爵的管家高尔芒·彼得建筑的，这房子总是属于这一家的，在一切看得见的财产中，这是特别刺激她的两位老爱人的贪欲的。然而，这住宅不但不会产生租钱，而且还是花费的原因；但是，在外省再找到一所盖在市中心、没有坏邻居、外观漂亮、内部舒服的住处是很不容易的，所以全阿郎桑的人也都有这同样的羡欲。这所老公馆刚刚好就坐落在发尔—诺贝尔街的中心，有时人家就把这条街叫做贵谷，无疑的是因为横贯阿郎桑城的小溪光河在这地段中所留下的裂痕的结果。这所房子是以梅迪西斯·玛利所计划的坚强的建筑引人注目的。虽然是用容易修饰的石头花岗石建成的，它的角落、它的窗框和它的门框都是用雕成钻石的尖形的凸出部来装饰的。这房子的地面层上还有一个第二层楼；房顶是特别耸高的，代表着带有雕刻的拱腹的突出的交叉点相当雅致的嵌入外面饰有小圆柱的铅里水管中。在这交叉点之间往前突出一个落水口，是一只没有身躯的兽嘴的形状，水就由这嘴里吐在凿成五个孔洞的大石上。两只屋鬃的尖端是用铅制的花朵来结束的，这是中产阶级的象征，因为从前只有贵族才有安置验风机的权利。庭院右边有车房和马厩，左边是厨房、柴房和洗农场。通行车马的大门的一扇活门总是开着的，套有一只小小的矮门，装有一只窗眼和一只响铃，让过客可以从那里看得清楚；在广阔的庭院的中央，有一丛新花，堆花的土壤是由一个冬青树的小篱来支持的。一些四季的蔷薇、丁香、山箩菔、百合花和西班牙的蝴蝶花构成了这花丛，好季节的时分，人家就在四周放上几盆桂花、石榴和常青树。目的是使这庭院和他的附属品特别显得出众的细致的整洁，一位陌生的人一定可以猜透这是一位老小姐的住宅。在那里管事的眼睛一定是个空闲、到处探访、守旧的眼睛，不过这多半是因为动作的需求而不是性格所使然罢了。只有一个总是负责消遣空间时日的老小姐才能够叫人家拔去石子路之间的野草，肃清墙上的堡冠，不断的扫除，从来不让车房的皮帘忘记了关闭。只有她能够游手好闲的介绍一种荷兰的洁净到一个地位在柏尔赤、布列颠和诺曼地之间的小省份里来，到这人们骄傲的宣传一种鄙视舒服生活的不在乎的态度的国度里来。

当发罗瓦骑士和布斯基埃登上环绕这公馆的石阶的双重阶梯的阶级时，他们从来没有忘记说一句话，一个说这房子可以适合法兰西的世卿，一个说城里的市长应当到这里来居住。一扇开到地面的窗户（作为门用的）装在这石阶的上面，往里开进一间等待室，这等待室是由另外一扇往外朝向花园的石阶上面开的同样的窗户透进的光线来照耀的。这种铺有红石板、装有栏杆一般高的花板的走廊是家庭病人的肖像的医院：有的有损坏了的眼睛，有的有受伤了的肩膀；这一个用他一只不再存在的手拿着他的帽子，那一个割断了他的一只腿。那里排列有许多的外衣、木屐、双重鞋、雨伞、帽饰和短挂。这是一所每位熟客可以来时安放行李、去时取走包袱的贮藏室。所以，沿着每一道墙都有一张凳子，让那些带着大号手提灯来的仆人们安坐；还有一只粗大的火炉，用来抵抗从庭院和花园两方面进来的寒气。这房子就这样的分为两个相等的部分。靠庭院这一边有楼梯的围墙，一间朝向花园的大饭厅，还有一间通到厨房的小庖；靠另外的一边则有一间开有四扇窗户的客厅，连着这客厅是两间小房子，一间可以看到花园，就形成了化妆室，一间由庭院透进光线，就作为办公室之用。第二层楼包含有一个家庭的整套的寓所和老施本德教士的住处。房顶楼应当可以让出许多的住处，好久以来都是被老鼠所居住的，这些鼠类的夜间动作是高尔芒小姐所不断对发罗瓦骑士述说的，她很奇怪她用来对付他们的方法都是没有功效的。

花园有半亩左右的面积，是以光河为界的。他之所以名做光河，这是因为堆积在他的河床之上的云母石的碎片（除了发尔一诺贝尔河以外到处都有这现象），他的有限的水流带有城里的工厂给他投来的颜色和残物。高尔芒小姐的花园的对面的河岸，正如一切有河水横流其间的外省的城市一样，壅塞有许多的房屋，里头进行着各种的职业；但是侥幸得很，那时候她的对面却只有安静的人家，几个中产阶级，一个面包商，一个洗刷布帛油垢的商人，一些制造乌木器具的工匠。这座花园满种着平常的花木，自然而然的结束在一道构成堤岸的土台上，在这堤岸的脚下，有几个可以走下光河的阶梯。在土台的栏杆上，您可以想象有许多栽有丁香花的蓝色白色大瓷盆；左右两边，沿着邻居的围墙，您可以看见两丛剪成四方形的菩提树；您可以生出一个满充着圣洁的慈祥、安静的贞操，对岸及其淡泊的房舍，光河的稀罕的水流，花园，靠近邻居墙头的两丛树和这可敬的高尔芒家的大厦所呈现的素朴的村野的山景的观念。多么和平啊！多么清静啊！没有任何的华丽，也没有任何的转变：这里，一切似乎都是永久的。地面楼是划归接待聚会的客人用的。这里一切都呼吸着老旧的、不变的外省的空气。

四方形的大客厅有四扇门和四扇窗，素朴的装上油漆灰颜色的花板。一面唯一的长方形的穿衣镜就挂在壁炉的上面，穿衣镜的上面漆着单色石的颜色，代表各"钟"、"点"凑合的"天"。这种油漆毁坏了一切的门窗的上部，艺术家就在这里发明这些永久的季节的"时景"；这时景在法兰西中部的大半的房子里可以使您忿恨忙于收获、溜冰、下种、投玩花朵的讨厌的"嗜好"。每一只窗户都饰有绿色的大马色布的窗帘，由装饰大床帐的带结的绳子给他卷起来的。加有绣花套的家具，他的油漆的木头是以他那前一世纪的宽线轮廓的形状出色的，他的浮雕都是代表拉方登的童话故事；但是有的椅子和靠椅的边角则是补缀过的。天花板是由一根大椽给他分为两半的，大椽的中央挂着一盏大玻璃灯，用绿色的套子包好。壁炉台上放有两只施维尔的蓝色瓶，连着穿衣镜的老旧的多枝的烛台和一只摆钟。摆钟的图案是采自前一世纪的

《逃亡者》的幕景的，证明色登[1]的作品是如何的流行。这只镀金的铜制摆钟的形状是由十二个四寸高的人形构成的；底下，逃亡者在兵卒的中间从监狱里跳了出来；前面，年青的昏绝了的少女给他显示她的温存。炉灶、铲子和火钳也是和摆钟同样的派头。嵌于墙边的雕板是以家庭的最近的人物的肖像、一两张李戈的图画和三张拉都尔的彩色铅笔画来装饰的。四张赌桌、一张骰子戏桌和一张毕克牌桌就堆满了这庞大的客厅，这唯一铺有地板的一间房屋。整个装有红漆、黑漆和金黄漆的花板的办公室几年之后应当可以值得高尔芒小姐所没有想到的大价；但是，就是人家出了一千厄古来买她一块雕板，她也不会出售的，因为她的原则是不破坏任何的东西。外省人都相信有祖先所藏埋的宝库。毫无用处的化妆室铺有这样的老波斯布，是现在邦巴都尔[2]一类的艺术爱好家所要追逐其后的。铺有黑色和白色的石片的饭厅并没有平顶的天花板，只有油漆的椽桁，排布有许多外省人用以满足胃口的酒瓶所需要的带有云母石顶的碗橱。涂有壁画的墙壁就好像是花编的帘幕。座位都是油漆的芦制的椅子，门户都是天然的胡桃木造成的。一切都在这里巧妙的完成了这房子内外所呼吸的淳朴的气味。外省的天才在这里保留了一切；任何的东西都不是新的，也不是旧的，既不是年青的，也不是衰老的。到处都让人感觉到一种冰冷的齐整。

布列颠和诺曼地的游客、麦茵和安如的旅人都应当在这些外省的省会中看见到和高尔芒公馆相类似的房子；因为这房子的形状是大部分法兰西的中产阶级的房屋的模范，而且还有更大的功

---

① Sédaine，法国十八世纪的歌剧作家，《逃亡者》就是他的名著之一。

② Pompadour，路易十五所喜欢的一位侯爵夫人，艺术的爱好家，就是她使路易十五发动了七年战争。

劳，能够解释风俗、表现思想。谁没有感觉到这大厦中的生活是这样的安静和纯熟呢？这里存在有一间图书室，但是这图书室却是位在比较光河的水平略为低落的地带，装订得整齐，捆扎得结实，不但不会被灰尘所损伤，而且还因之而更有价值。书籍是用这些没有葡萄田的省份的居民给那些古色古香的自然的工程、精美而可敬的工作所加的爱护来保存的，这些书籍都是布尔岗、杜尔兰、卡斯岗和南国的印刷业的出品。运输的费用是太昂贵了，人家不能够弄到坏酒。

高尔芒小姐的会社是由差不多一百五十个人物组成的：有的到乡下去，有的生了病，有的为着自己的私事到省内去旅行；但是其中一部分是忠实的会员，他们除了被邀请以外，每天都要到这里来，还有的则是那些有职务或是养成了习惯，要在城里居住的人。这些人都是年纪成熟的；他们之中只有少数人曾经旅行过，大家差不多都是留在外省的，有的甚至于参加过朱安党的举事。自从给这些为这义举的英勇的战士所颁发的奖赏到来之后，人家已经开始毫不恐惧的谈论这战争了。发罗瓦先生是最后一次拿起武器的主谋人之一。这一次的举事损失了被情妇告密的孟多兰侯爵，成功了这时候在马因贩卖牲畜的著名的走下地。六个月以来，发罗瓦先生就给人家解说了一些当年用来对付一位名做雨络的老共和党人的把戏。雨络是一七九八年至一八〇〇年之间驻屯在阿郎桑的宪兵小队的司令官，[①] 他给这地区留下了许多令人回忆的事迹。女人们很少装束，除了星期三以外，因为这是高尔芒小姐请客吃饭的日子，最后一次的星期三的客人就在这一天来偿清他们的消化访问的欠债。星期三是宴会日；到会的人很多，请来的客人和自动的访客都穿着有花结的鞋；有的女人带着她们的活计，

① 原注，参阅《朱安党》。

编织、绣花的手工来；有的年青人就毫无愧色的描绘阿郎桑花边的图案，她们就是用这生产来供给她们的费用。一部分的丈夫是为某种策略而带他们的妻子来，因为那里并没有多少的年青人；没有朝向耳边耳语的话不会引起人们的注意：让一位年青人或是一位年青的女人在这里听见人家述说性爱的故事，并没有任何的危险。每天晚上六点钟，深长的等待室总是排着他的家具；每一个熟客都带来他的手杖、他的外衣、他的灯笼。这些人都互相认识得非常的清楚，他们的风俗习惯都是非常淳朴的，如果偶尔间年老的施本德教士在房里、高尔芒小姐在卧室的话，女仆约瑟特、男仆约克冷、女厨工都会来告诉他们的。第一个来客等着第二个；随后，当熟客的数目够得凑成一桌毕克牌、一桌魏斯特牌或是一桌波斯顿牌的时候，他们就开始游戏，而不等待施本德教士或是小姐了。如果在夜里，只要铃一响，约瑟特或是约克冷就会跑过去，带了灯。看见客厅光亮了，教士就忙着缓步的来。每天晚上，骰子戏、毕克牌、三场波斯顿和魏斯特都是满座的，结果，和谈天的人算在一起，平均总有二十五人至三十人；但是常常是超过四十人的数目。于是，约克冷就点亮了办公室和化妆室。八九点之间，各家的仆人就开始到等待室里来，目的在于寻觅他们的主人；并且，除了革命以外，十点钟的时候，客厅里是再找不到任何人的。十点钟的时候，熟客就成群结队的走到街中，辩论打牌或是闲谈人家所窥伺的耕地、承继的瓜分、承继人之间所起的纠纷、贵族社会的意向。这正像是巴黎戏后走出戏院的群众。有些品评诗章而一点儿也不懂得的人就痛骂外省的风尚；但是请您把额头俯托在左手之中，请您把您的一只脚靠在火炉前的支木架上，请您把您的肘子放在您的膝盖上；然后，请您走进这野景、这房子和他的内部，这会社和小器的精神所培养的利益的观念所代表的优雅而调和的全体，正如羊皮纸中所夹击的金片一般的全体，再请您问一问人生到底是什么。请您想方法来说明那些在埃及的方尖石碑上铭刻无稽之谈的人和那些跟布斯基埃、发罗瓦先生、高尔芒小姐、法院院长、检察官、施本德教士、葛兰桑夫人等一切的人打了二十年波斯顿牌的人之间有什么不同。如果每天毫不苟且的在同一的路上重复同样的步伐并不是幸福的话，这重复却是很有作用的，他使那些因为生活的风波而想到和平的恩典的人说这就是幸福。为着解释高尔芒小姐的沙龙的重要起见，我们只要说布斯基埃这位天生的社会统计家已经计算过时常出入这沙龙的人们占有选举会中的一百三十票，而在省内凑成十八万佛郎的地租就够了。然而，阿郎桑城却并不是完全由这沙龙来代表的，贵族的上流社会也有他的沙龙；还有，税务总局局长的沙龙是政府的行政人员的客寓，在这里，整个的社会跳舞着、私通着、翱翔着、爱恋着、宴饮着。这两个另外的沙龙是由几个混合的人员来给高尔芒家通消息的，相反的也是同样的情形；但是高尔芒的沙龙却严厉的批判这两个其他的营幕所发生的事情；人家批评那里的宴席的浪费，人家反复思考那里的跳舞的淡漠，人家讨论女人们的行径、服装和那里所有的新鲜的发明。

高尔芒小姐是一种强力的会党得以互相了解的社会的原因，她应当是发罗瓦骑士跟布斯基埃这两位如此深刻的野心家的瞄准的目标。在他们两个人看来，这都是取得议员资格的阶梯，然后可以使贵族再变为世卿、军粮商人再变为税务总局局长。一个占有压倒的势力的沙龙无论在巴黎或是在外省都是难于成立的，然而外省的沙龙却已经成立了。娶上高尔芒小姐，这就等于统治阿郎桑。阿丹那斯是这三位要向老小姐求婚的人之中的唯一没有计算的一位，他不但爱她的财产，同时也爱她的本身。说句俗话，在这四位人物的情景中不是有个奇怪的悲剧吗？在这三位暗中包围这位虽然切望结婚而并没有猜出他们的老小姐的情敌之中不是会碰到一些怪事吗？但是，虽然这一切的环境使这位女人的独身主义变成一种怪异的东西，来解释为什么她有她的财产和三位爱人而还没有结婚却并不是难事。起先，根据她的房屋的判例，高尔芒小姐总是希望嫁给一位绅士；但是自从一七八九至一七九九年，环境对于她的希望是太不利的。如果她要当一位贵族夫人的话，她却非常害怕革命的法庭。这两个情绪有同等的力量，使她在美学和统计学的定律方面都变成呆定不动的。这种不安定的局面而且是使女人们快乐的，因为她们自信是年青的，有权利去抽选一位丈夫。法兰西知道拿破仑的政治策略的结果是留下许多的寡妇。在这政权之下，女承继人的数目和待婚的男子的数目相比较是不平衡的。当总裁政府恢复国内秩序的时候，外交的困难又使高尔芒小姐的婚姻问题和过去一样的难于解决。如果在一方面，露丝—玛利—维克多尔拒绝嫁给一位老翁的话；在另一方面，害怕弄成笑柄的心理和环境却禁止她去跟一位非常年青的男子结婚：各家庭都很早就婚嫁了他们的子女，免得受到征兵。总之，以地主的固执的态度，她也不会嫁给一个兵士，因为她不是把丈夫送给皇上而结婚的，她只要留住她的丈夫在自己一个人的身边。自从一八〇四至一八一五年之间，她简直没有办法跟那些受到炮火的恩赐而变成奇货的年青少女们竞争。偏爱贵族之外，高尔芒小姐还有非常显著的癖嗜，就是要男人们为爱她而爱她。您绝对不会相信她这种欲望走到了什么地步。她运用她的聪明给崇拜她的男人们设置了成千的陷阱，去试探他们的情绪。她的捕狼机是这样的张放着，不幸的人都钩住在那里，而消灭在她暗地里给他们加上的奇异的试验之中。高尔芒小姐并不是研究他们，她是侦探他们。一句轻佻的话或是她所不大懂得的笑谑就够得叫她放弃了这些追求者，认为他们不端正：这一个是没有心灵、没有机智的，那一个是撒谎、违反基督教的；这一个要在结婚的面纱下摇钱树，那一个没有使她幸福的性格。那里，她猜透了遗传的疯痛病；这里，不道德的祖先吓坏了她：正如教会一样，她为她的祭台需求美满的牧师；然后，她要为着她的假丑和她的冒称的缺点而出嫁，正如其他的女人要为她们所没有的性格和假设的美丽而出嫁一样。高尔芒小姐的野心是来自女人的最为细腻的情绪：她计算在婚后给爱人显露她的成千的道德来取悦他，正如其他的女人揭破了她们所谨慎隐蔽的成千的缺憾一样；但是她却被误解了：高贵的女郎只逢到一些只顾计算实利而不了解感情的庸俗的灵魂。她越走进这巧妙称为第二青春的时代中，她的忧虑就越为增加。她勉力在最不利的日子之下出现，而要了这么一套把戏，使最后的党羽也犹豫把他们的命运和这个不可捉摸的性格的女人的命运相联系。这性格需要一种研究，不过那些追求完全的性格的人很少来做这一类的研究罢了。她只怕人家来娶她的财产，这常定的恐惧使她变成心灵不安的，出乎常情之外的多疑善虑；她追逐富人，富人能够签订伟大的结婚的盟约；她害怕穷人，她拒绝给他们做下她在同类的事情之中所有的大公无私的举动：结果，她的排除和她的环境就使那些被她这样分门别类的男人们看得非常的明白，好像门遮板上的灰色豆一样。每一次婚姻不成功的时候，这位轻蔑男人的小姐终于就用错误的光线来瞧视他们。她的性格必然的感染了厌世的情调，在她的谈话里投入了苦楚的色彩，在她的目光里渗进了严肃的神气。她的独身主义决定了她的风俗习惯的渐渐增大的严厉。因为她在失望的时候就勉力的想要自己的性格完美。这是多么高尚的报复啊！她为上帝修整了男人们所抛弃的金刚钻。不久，舆论就站在她的对面，因为群众接受一个自由人对于自己的不结婚，没决断或拒绝所下的判断。每一个人都认为这拒绝有秘密的原故，总是被人误解的原故。这一个说她是结构畸形的，那一个说她有隐蔽的缺点；但是可怜的女郎却和天使一般的贞洁，却和婴儿一样的神圣，而且是满充着善良的意志的，因为她是天生来接受母性的一切快乐、一切幸福和疲惫的。

然而，高尔芒小姐总没有在她身上找到任何足以使她实现欲求的附件。除了所谓“魔鬼一般的美丽”以外，她就没有其他的美丽了；这魔鬼的美丽就存在于青春的丰满的鲜艳中。依据神学的说法，魔鬼并不会有这种丰满的鲜艳，除非说他有这欲望以外，我们就没有法子解释这句话了。女承继人的脚部是宽阔而扁平的；她常常在下雨或是走出家里，走出圣黎昂拿德的时候用一种没有让人看出狡狯的态度翻开了她的袍子，使人瞧见她的大腿，大腿很难叫人相信是女人的腿。这是腿肚强壮突出的神经质的腿，好像是水手的腿一般。和乳母一样的肥满的身躯，粗厚的臂膀，红肿的双手，她的一切都和圆筒的形状、诺曼地的美丽的白胖相调和。耸高如顶的眼睛的颜色是浮泛不定的，给没有贵族气味的圆脸孔产生出一种适合于老小姐的惊愕而喜欢模仿的神色：如果露丝不是天真纯洁的话，她却很像是这样。她的鹰嘴鼻正跟她的小额头相反，因为有这样的鼻子而没有美丽的额头是很少的事。无论嘴唇如何的红厚、如何的表现高度的善良，这额头却显露出太少的思想，证明心灵不是在智慧的指挥之下：她应当是没有恩惠的慈善家。人家严厉的责备她的道德上的缺点，然而人家却非常宽恕她的罪恶的性质。栗色而特长的头发给高尔芒・露丝的脸孔供给了这种美丽，是她的两个主要的特性（强壮和肥满）所生的结果。当她富有野心的时候，她会勉力装饰大部分的脸孔，来显示她的好看的耳朵；这耳朵就在因为颈项和鬓角而变成浅蓝的白皙的肌肉中浮了出来；肌肉因为浓厚的头发更显得洁白。所以这样的看过去，当她穿上跳舞衣的时候，她就能够显得美丽。她那隆起的模形，她的身躯，她那强旺的健康，可以使帝国的军官叹息说：

“多美丽的阴茴啊!”

但是，经过岁月的流逝，平静而谨慎的生活所培养的肥满却不知不觉的不规则的分发在身躯的各部分，毁坏了最初的比例。这时候，任何的束胸衣都不能够让可怜的女郎再显出她的臀部，她已经混成一团了。她那年青而调和的上身已经不存在了，而她的异常的丰厚也使人只怕她弯下腰会被她的上部的肉团压倒；但是天性却赋给她一种自然的对重，使她的虚假的饰词变成无用的。在她身上，一切都很真实。加上了三倍肥胖的颔部使颈项的长度缩短，使头部的转动不得自由。露丝并没有皱纹，但她却有折纹；滑稽的人说为着避免损伤自己起见，她在关节上涂有香粉，好像人家给小孩子涂上似的。这位肥胖的女人给不能满足欲望的失望的青年人，例如阿丹那斯，呈出可以诱惑他的艳丽。青春的幻想本质上是贪婪而勇敢的，他们喜欢伸展到这些鲜明的美丽的台布之上。这是诱惑酒类检定者的刀子的肥厚的竹鸡。许多负债的巴黎的风流人都愿意忍耐来使高尔芒小姐幸福。但是可怜的女郎已经是过了四十岁的人了！在这时刻，因为要给自己的生命加上女人所努力的兴味而长时期的奋斗过之后，她还被迫继续当一位小姐，她就用最严谨的宗教行为来增强她的道德。她求助于宗教，这圣洁的处女的伟大的安慰！三年以来，一位忏悔师就相当天真的指导高尔芒小姐走上苦行的道路；他给她举荐纪律的用途，然而，如果得相信近代的医学的话，这纪律却产生了和可怜的牧师所等待的正好相反的结果，牧师没有多大卫生学的知识。这些无用的训练开始在高尔芒·露丝的脸上散布一种修道士的色彩，看了她那白皙的肤色杂着成熟的枯黄的色调，颇会令人失望。长在上唇边角的稀薄的细毛准备着还要繁殖，好像一团油烟似的。两边的鬓角发出反射的色调。总之，她已经开始萎缩了。阿郎桑的人都认为血液使高尔芒小姐苦楚；她告诉发罗瓦骑士她的秘密，给他叙述她的洗脚水，跟他一同想方法加些清凉剂。精细的共谋人于是就拿出他的鼻烟匣，最后就端详了他的戈里查公主。

“真正的止痛药，”他说，“亲爱的小姐，恐怕就是一位美丽而善良的丈夫。”

“但是委身给谁呢?”她回答说。

于是，骑士就禅一禅钻进粗细或是他的背心的褶痕里的烟末。在任何人看来，这姿态总是非常自然的；但是他总是给可怜的女郎带来许多的忧愁。这种没有对象的欲望是太强烈了，使露丝不敢再瞧对面的男人，因为她怕人家会从她的眼色里看出打击她的情绪。虽然她觉得有归向于还能够配合她的男人的趋势，由于一个偏情（这也许只是她的过去的步骤的赓续），她却非常害怕人家曾因为她对男人有逢迎的神气而诋责她的疯狂，她甚至于用不大温和的态度来对待他们。她的会社的社员大部分都不能够欣赏她的动机，这样高尚的动机，他们都说她的生活态度是她对于她所逢遇过或是她所预见到的拒绝的报复。一八一五年年初，露丝到达了她所不敢承认的不幸的年龄，她已经四十二岁了。她的欲望就加强到类似偏狂的地步，因为她懂得一切的生育的机会终要不存在了。在她所不自知之中，她所最强烈希望的就是生产儿女。在全阿郎桑城中，没有任何一个人知道这位贤德的女郎在情爱中只有一个单独的愿望：她大量的爱恋而一点儿也没有想象到爱情；她是一位天主教的阿额斯，不能够发明任何一个莫利哀剧中的阿额斯所有的狡猾。好几个月以来，她总希望有一个偶然的机会。帝国军队的解散和王家军队的重建在许多解甲归田的兵士的命运上颇有某种的作用，他们之中，有的领有半薪，有的领有津贴费，有的没有领到津贴费，大家都回到本乡来，都希望能够改变他们的厄运，去求得良好的结局；这结局在高尔芒小姐看来，大可以成为一个甘美的开端。在这些快要回到城郊的男人之中，总不能够没有一两个年纪相当，特别是壮健的可敬的勇士，他们的性格可以作为波拿巴特派的意见的证书；说不定在他们之中还有因为要恢复失去了的地位而变成保王党的。在这一年年头的几个月里，这种计算还使高尔芒小姐的态度认真。但是这些到这城里来居住的军人都是太老的，或是太年青的，太倾向于波拿巴特派，或是太坏的家伙，不能和高尔芒小姐的习惯、阶级跟财产相融合；高尔芒小姐就一天比一天的越加失望了。高级的军官已经在拿破仑的统治下利用他们的优点结了婚，他们因为家庭的利益而变成保王党。高尔芒小姐努力祈求上帝赐她恩惠，给她送一位丈夫来，使她能够成为一个幸福的基督徒。无疑的她是注定要当处女和殉道妇而死的，因为一直就没有任何一个有当丈夫的品貌的男子。每天晚上在她家里所举行的会谈颇能执行户籍警察的职务，所以，没有任何一个到阿郎桑来的外籍人的习惯、财产和衔头不是她所知道的。但是阿郎桑并不是可以饵诱外籍人的城市，它不是通达任何京都的城市，阿郎桑没有偶然的机会。可怜的女郎终于懂得她只能够退到本地人的范围里；所以，有的时候她的眼睛就有一种猛烈的表情，而发罗瓦骑士也就用一个精细的视线来回答她，一边拿出他的鼻烟匣，瞧了瞧戈里查公主。发罗瓦先生知道在女人的法典中，第一次的忠实是和将来发生连带关系的，但是我们得承认高尔芒小姐尚不够聪明：她一点儿也不懂得鼻烟匣的作用，她加倍周到的跟魔鬼斗争。她的严厉的虔诚和她的严肃的原则，包括有她的私人生活的神秘的残酷的苦痛。每天晚上，当她又只一个人留下的时候，她就想到她那已经失掉了的青春，想到她那枯萎了的鲜艳，想到受了骗的自然的愿望；并且，当她把她的情感，这被迫保留在原稿之中的诗章，毁灭在十字架的脚前的时候，她却允许自己，如果偶尔有善意的男人来的话，绝不必对他实行试验，就这样简简单单的接纳他。特别酸酷的夜晚里，当她测量自己的地位时，她甚至于在思想里和一位中尉结婚，这中尉是一个有烟癖的人，然而她却想用护卫、勤恳和温柔把他变成世界上最优良的人物；她甚至于想要高筑债台来嫁给他。但是必得有夜晚的寂寞才可以让她举行这虚幻的婚姻，当一个和天使一样高贵的保护人。第二天，如果约瑟特发现她的女主人的床上下的紊乱的话，小姐就重新恢复了她的尊严；第二天，吃完早饭之后，她就要一个年纪四十岁、保养得宜的善良的地主，一半年青的男子。

施本德教士没有方法帮助他的外甥女去解决她的婚姻问题：这位年纪差不多七十岁的好好先生认为法兰西大革命的惨剧是上帝的计划，因为上帝急于要打击解体了的教会。所以，施本德教士就走上了久已荒废的当日的孤独者顺着走向天堂的道路：他过着没有铺张、没有外表的荣华的苦行的生活。他偷偷的给人世做下许多慈善的事业，不断的祈祷和制欲的行为；他认为一切的牧师在纷乱的时代里都应当像他这样的举动，他就是给他们做个榜样。他老是给人世露出一副安静而带笑的脸孔，然而他却整个的解脱了人世的利欲：他专心一志的想到不幸的人家，想到教会的需求和他自己的拯救。他让他的外甥女来管理他的产业，外甥女把他的收入转交给他，他又给她还付了一笔轻微的膳宿费，因而能够把剩余的金钱来秘密的捐助或是送给教会。教士的情感整个的集中在他的外甥女身上，外甥女也把他当做父亲来看待；然而这却是一位没有任何肉欲的激动，感谢上帝把他的亲爱的女儿留在独身的状态之中的糊涂的父亲；因为，自从他的青春时代之后，他就采取了圣克里苏斯汤姆·约翰的制度。这圣人曾经写过："童贞状态之超过结婚状态远在天使之超过凡人之上。"习惯于尊重她的舅父，高尔芒小姐不敢给他引起身份的变迁所要给他灵感的欲望。这位好好先生住惯了这房屋的一角，他没有尝过家里来了一个主人的味道。他忙于解除人家的困苦，他堕在祷告的深渊里。

施本德教士常常有他的消遣，只是他的会社的人物都以为他不在家里罢了；他不大说话，他有一种和气而善意的缄默。这是一位身材枯高的男子，他的举止是沉着的、严肃的，他的脸孔表达出许多甘美的情感、一种内心的绝对的虚静，他的出场给这家庭印上了一种神圣的权威的痕迹。他很喜欢福尔泰尔派的发罗瓦骑士。这两位贵族和僧侣的威严的残存虽然习惯不同，却都互相认识彼此的仁慈的脸纹。并且，骑士对于施本德教士之有动人心意的话语，正如他对于娇艳女工之有父道的爱护。

有的人可以相信高尔芒小姐是在寻找一切方法去达到她的目的；可以相信在女人们所能用的巧计中她是向服装方面去求办法的，她露出肩颈，展开她的不及时的艳装来做她的伟大的武器。可是不尽然！她在头布里所表露的英勇不拔的神气就好像兵士在哨舍中的态度一样。她的袍子、她的帽子、她的衣服都是在阿郎桑的时装商店里制成的，这商店的主人是两位没有缺乏趣味的伛偻的姐妹。无论这两位裁缝如何的恳求，高尔芒小姐都拒绝不肯用细致的服装来诱惑人；她要肌肉和衣服都整个的粗厚，也许她的袍子的笨重的式样是和她的身姿相配合的。要娶这位可怜的女郎的人用不着介意！您可以发现她是超等的，她的仁慈的灵魂绝不会以情绪的形式来使您忧愁，您就在这个地方钦仰她好了！

这里，一些轻佻的女人也许要咒骂这故事所述的情形不正确，她们要说在法兰西并不存在有这种不知道饵诱男人的愚笨的女性，要说高尔芒小姐是个怪诞的例外，善良的感觉不允许她来代表一种典型，她们要说就是要钓小鱼的最有品性、最为愚笨的女郎也会找到一些饵物来武装她的钓钩。但是，如果我们想到罗马的使徒的天主教还在布列颠，还在古时的阿郎桑公爵封地里有他的最高的权威的话，这些批评就站不住了。信心和仁慈都不允许这些机智。高尔芒小姐在拯救的道路中行走，她宁可因为过分延长的童贞而不幸，不要因为撒谎、狡猾的罪恶而不幸。在一位以纪律为武器的女郎身上，德性不能够加以调解，他要爱情或计算决绝的来寻找他。让我们勇敢的对一些人把宗教看做工具或是诗章的时代加以尖锐的观察。虔诚产生道德的眼炎病。因为有一个天授的恩泽，他使在永生路上进行的灵魂失去观察人世小事的视觉。总之，在许多方面虔诚的女人都是愚蠢的。这种愚蠢证明她们是用多大的力量引导她们的精神走上天界。虽然福尔泰尔派的发罗瓦骑士曾经说过我们很不容易决定到底愚笨的人自然会变成虔诚的教徒呢，还是虔诚会把聪明的女人变成愚笨的。请您想想吧，喜欢忍受一切的悲痛，信虔的服从上帝的命令，相信生命的陶土都有神圣的指痕的最纯洁的天主教的德性是滑进这篇故事的最后的褶痕中而使他们浮显，使他们在还有信心的人的眼中扩大范围的光线。再说，如果有愚笨的话，我们为什么就不关心愚笨的不幸，而只关心天才的不幸呢？愚笨之为社会的成分是比天才之为社会的成分更为丰富的。所以，高尔芒小姐是以处女的神圣的无知而失败在人世的眼光之中。她一点儿也不知道观察，她对于追求她的男人所有的行为可以证明这一点。就在这时候，一个还没有读过任何一本小说的年纪十六岁的少女一定会在阿丹那斯的视线中念到一百回的爱情故事；然而高尔芒小姐却一点儿也没有看到，她不知道在他那颤抖的话语里有一种他所不敢发出的情感的力量。她自己是害臊的，然而她却猜不透别人的害臊。她能够发现最初使她失望的伟大的情感的精细，然而她却不认识阿丹那斯身上所有的。在那些知道心灵的本质之与精神的本质无关正如天才的机能之与灵魂的高贵无关一样的人看来，这种道德界的现象并不足为怪。“完人”太少了，人类的一颗最美丽的宝珠苏格拉底甚至于同意当时的一位相士说，他是生来当一个非常卑劣的角色的。一个伟大的将军可以在胥里克救了他的国家而和军粮商人共同舞弊，一个贪污的银行家可以成为政治家，一个伟大的音乐家可以编制超等的歌曲而做了一桩错事，一个富于情感的女人可以是一个大傻瓜。总之，一个虔诚的女信徒可以有一颗超卓的心灵而不认识在她身边的一个美丽的灵魂所给她发出的声音。

生理上的残废所产生的偏情也同样的存在于道德界。这位善良的女人抱歉只能够为她自己和她的老舅舅制造果子酱，她几乎变成很可笑的。那些自觉同情她的性格、同情她的错过的人都以她的不结婚来打趣。在不止一次的谈论中，人家都互相询问这样富裕的产业，高尔芒小姐的储蓄和她的舅舅的遗产要变成什么结果。好久以来，人家都狐疑她是一个脾气古怪的女郎，虽然表面上并不如此。在外省，脾气古怪是人家所不允许的：这就是赋有别人所不了解的思念，人家所要的是精神上的相同和习惯上的相同。自从一八〇四年以来，高尔芒小姐的婚姻已经成为一种问题，而“和高尔芒小姐一样的结婚”这句话也就在阿郎桑成为一种最反派的笑谑的格言了。要让这个超等的女人在阿郎桑激动一些笑谑，嘲笑的精神就得变成法兰西的一个最为迫切的需要。她不但接待全城的人，她不但是慈善的、虔诚的、不会说坏话的，她还顺应居民的一般的精神和他们的习惯（他们都喜欢她，认为她是生命的最纯洁的象征），因为她固守他们的外省的习尚，她从来没有越出这范围，她有外省的偏见，她袒护外省的利益，她崇拜外省。虽然她有一万八千佛郎的租金的地产（这在外省是相当可观的数目），她还和比较贫贱的家庭一致。当她到她的田产皮勒保德地方去的时候，她是坐着柳木所制的老皮蓬式车子去的，这车子是由两条白色的皮带吊起来的，是由一匹肺气肿的牝马驾驶的，是由两面因为时间而变成红色的簾幕好不容易给他关上的。这只车子是全城人所认识的，就由约克冷好像巴黎的轿车一般的看顾着：小姐占有这车子，她已经用他用了十二年了；她以幸运的吝啬的快乐来叫人注意这事实。大部分的居民都很惬意高尔芒小姐没有用她所能夸耀的奢华来卑屈他们；人家甚至于相信，如果她从巴黎弄到一辆四轮轻车来的话，人家一定要比她没有结婚还要苛刻的批评她。何况最辉煌夺目的车子也只能够和这老皮蓬式车子一样的把她带到皮勒保德去呢。外省人总是注意目的的，他们并不忧愁工具的美丑，只要这些工具有效验就行了。

为着完结描绘这家庭的内部的风尚起见，我们应当在高尔芒小姐和施本德教士身边把侥幸被舅父和甥女所雇用的约克冷、约瑟特和女厨小玛利归结在一起。约克冷是一位矮胖的红色脸、棕色发、布列颠的水手一般的脸孔的四十岁的男子，他已经在这家里当了二十二年的差事。他伺候吃饭，刷马，种菜，给教士擦鞋，办些小事，锯柴，赶车，到皮勒保德去寻找荞麦、稿杆和刍秣；晚上，他留在等待室里，就和一只山鼠一般的酣睡。人家说他爱上了三十六岁的女人约瑟特；如果约瑟特结了婚，高尔芒小姐就会辞退她。所以，这两个可怜的朋友就把他们的薪金积蓄了起来，秘密的爱恋着，等着、希望着小姐的出嫁，好像犹太人等着米赛亚的降临一样。生在阿郎桑和莫尔泰额之间的约瑟特是细小而肥满的；她那类似染有污泥的杏子一般的脸孔既没有缺乏姿仪，也没有缺少智慧；她终于反而管束了她的女主人。约瑟特和约克冷两个人确信有个结局，隐瞒着他们的满足，使人家想到这两个情人已经先期消耗了他们的将来。也在这家里做了十五年的事的女厨小玛利知道烹调一切这地区的著名的肴馔。

也许我们得特别提到这诺曼地的老栗色牝马，这匹把高尔芒小姐拉到皮勒保德去的老马，因为这家庭的五位居民都对这个牲畜有癖好的感情。这匹马名做柏泥落坡，已经效了十八年的劳；它所受到的是这么样的爱护，它的工作是这样的规则化，约克冷和小姐甚至于都希望再利用上它十年。这个牲畜是人们所不断谈论、所不断关切的：没有子女而要发挥母爱的高尔芒小姐似乎把母爱转向在这个幸运的牲畜身上。柏泥落坡妨碍小姐去养一些黄雀、一些猫、一些狗，一切社会中的孤单的人物差不多都委身供养的虚构的家族。

这四位忠实的仆人（因为柏泥落坡的智慧提高到和这些善良的家仆同样的程度，而他们的智慧也低落到和这牲畜同样的缄默、同样的服从的地步）每天都以确定的机械性来往的奔波于同样的事务中。但是正如他们用自己的语言所说的一样，他们是第一个吃他们的白面包的。正如一切被固定的念头所激动的人一样，高尔芒小姐变成难于对付的、健讼的，这大半因为她有活动的必要，而不是性格所使然。不能够为一位丈夫，为儿女，为他们所需要的爱护而忙碌，她就注意到细末的琐事。她可以好几个钟头的谈论一件不相干的东西，谈论放在“戌”号之前的一打标有“亥”号的饭巾。

“约瑟特想些什么呢?”她嚷着说,“约瑟特什么事情都不留心吗?”

小姐追问了一星期到底柏泥落坡在两点钟的时候是不是有了它的荞麦，因为约克冷居然弄晚了一次，唯一的一次。她的小幻想都是以细事为对象的。毛掸子所忘记拭掉的一堆灰尘、小玛利烤得不好的几块面包、约克冷晚了来关闭透进晒毁家具颜色的阳光的窗户，这一切小题大作的琐事都酿成了小姐所激怒的争吵。她嚷着说：一切都变了！她不认识当日的家仆了；他们都腐败了，她太好了。有一天约瑟特给她递过一份《基督徒之一日》，而不是《复活节两周间》。晚上，全城的人都知道了这桩不幸的事。小姐被迫而离开圣黎昂拿德到她的家里去，她之突然紊乱座椅离开教堂也使人以为是什么了不起的事情。所以，她也只得告诉朋友们这桩事情的原委。

“约瑟特，”她温和的说，“别再让同样的事情发生！”

高尔芒小姐很高兴有这些小争吵，因为这是她的尖锐的声音的排泄器，她而且没有怀疑这个。精神有他的需要；正如躯壳一样，他也有他的操练。这种无常的幽默是约瑟特和约克冷所接受的，正如农夫接受时令不顺的气候一样。这三位善良的人说：“天气真好！”或是“下雨了！”而不责备上天。有的时候，早晨起床的当儿，他们就在厨房里互相打听小姐是在哪一种韵致之中起床的，正如一位农夫询问黎明的浓雾一般。最后，高尔芒小姐也终于必然的在自己的生活的琐事里欣赏了自己。她和上帝、她的忏悔师和她的硷水、她所要制造的果子酱和她所要听的说教、她所要护卫的舅父，这一切都吸去了她的有限的智慧。在她看来，生活的原子是以那些生性或是偶然变成自私的人的特具的视觉而扩大的。她的健全的体力给消化的液管所存留的最小的障碍贡献出一个骇人的价值。她并且是在我们的祖宗的医药的威严之下生活的，她每年都用四种药材来使柏泥落坡劳瘁，但是这药材却使她欢乐。如果给她穿衣服的时候约瑟特发现在小姐那还很滑润的肩胛骨上有一颗瘢疹的话，这就变成一星期之内检查各饭菜的材料了。如果约瑟特叫她的主妇记起是一只煮得太辣的野兔使她长这可恶的瘢疹的话，她要如何的胜利啊！她们两个人是如何快乐的说了这一句话啊：

“毫无疑问，这是吃野兔的结果。”

“小玛利加了太多的香料。”小姐接着说，“我总告诉她应当随时给我舅舅和我煮得淡一点儿，但是小玛利的记忆却还没有……”

“还没有野兔那样的强。”约瑟特说。

“这也是真的，”小姐回答，“她还没有野兔那样的记性，你知道这个。”

每年四次，每季开头的时候，高尔芒小姐就到皮勒保德去住上几天。这时候正是五月中旬，高尔芒小姐要于这时期看看到底她的苹果树是不是很满意的积了雪，这是本地人用以形容落在这些树下的花朵的语词。常堕落的花瓣的堆积有点像堆雪一般，业主们就可以希望有丰富的苹果酒的收成。当她衡量她的酒桶的时候，高尔芒小姐就监督着冬天所必需举行的一切的准备工作；她下命令栽种她的菜园和她的果子园，她就是从这里收到无数的食品。每季都有每季的事情。在她出门之前，小姐就给忠实于她的人张设告别的宴席，虽然她三星期之后还能找到他们。高尔芒小姐的动身总是传遍全阿郎桑城的新闻。迟误来拜访她的熟人就马上来看她；她的会客室就坐满了人：每一个人都给她说声“路上好”，好像她要到加尔各答去似的。然后，第二天早晨，商人们就都站在他们的门脚上。大大小小的人都在看着皮蓬式的车子驶过去，人家好像听到一段新闻似的大家互相重复的传说着：

“高尔芒小姐到皮勒保德去了！”

于是，其中的一个就说：

“她不愁没有饭了，这位小姐！”

“呃！我的小孩子，”邻居就回答说，“她是个好人；如果财产总是落在这一类的人的手中的话，我们这里也看不见一位叫花子了……”

于是，另外一个就说：

“瞧！瞧！我并不奇怪到底我们的高干的葡萄是不是开着茂盛的花，高尔芒小姐已经到皮勒保德去啦。她为什么还不结婚呢？”

“我一样的可以娶她。”一位喜欢说笑话的人说，“婚事已经一半定当了，一边已经答应了，但是另外一边却不同意。嘿！这炉灶是为布斯基埃先生生火的！”

“布斯基埃先生吗？……她已经拒绝过他了。”

晚上，在一切的会场里，人家都沉痛的说：

“高尔芒小姐走了。”

或是：

“您就让高尔芒小姐走了吗？”

苏三所选择来实行她的丑事的那一个星期三碰巧正是告别的星期三，正是高尔芒小姐叫约瑟特转过头去看看她要带走的行李的日子。所以整个早晨，她就给对于这告别的宴会最感兴趣的城里人说了许多的话、做了许多的事。当老小姐商议她的旅行，当发罗瓦骑士在贵族沙龙的王后老戈尔德侯爵的妹妹戈尔德·阿尔孟德小姐家里打毕克牌的时候，高尔芒小姐就到处的按了十个家庭的门铃。如果每一个人都不是不关心诱惑者来过夜会时所做的是什么脸色的话，骑士和葛兰桑夫人更应当郑重其事的想要知道这有及笄之女和母亲会会长双重人格的高尔芒小姐要如何处置这消息。至于无罪的布斯基埃呢，他却在公共运动场上散步着，开始相信受了苏三的戏弄：这种狐疑使他确信他对女人们所有的观念。

在这些张设盛宴的日子里，小姐家中的饭桌差不多三点半的时候就已排好了。这时期，阿郎桑的时髦社会有的时候是例外的四点钟就吃饭。帝国的时代，人家还在这里午后两点钟吃饭，好像从前一样；但是人家只是小吃。高尔芒小姐最玩味的一种快乐就是看见自己穿着一位将要接待客人的主妇所应当穿的衣服时所有的难于形容的满足。我们不必认为这是诡计，但这确是自私的表现。当她这样武装起来的时候，她的心坎的黑暗处就滑出了一道希望的光线：一种声音告诉她说自然界并不是什么也不给她，一位冒险的男子就要走到她的面前。她的希望重新复活了，正如她重新鲜艳她的躯体一样；她用某一种醉态来欣赏自己装在两重布料中的姿仪。然后，当她下楼来给客厅办公室和化妆室投去一道可怕的眼色的时候，她就继续着这种满足的心情。她心满意足的在那里走来走去，好像一个以为总是富裕、绝不会缺乏任何东西的富翁的神气。她瞧着她的永久的家具、她的古董、她的漆器，她自己对自己说这么美妙的东西应当有一个主人。钦佩了铺有雪白的桌布和二十副同样距离的食具的桌子所壅塞的饭厅之后，看好了她所吩咐的作为荣耀的标帜的一堆酒瓶之后，小心的校对了教士的战抖的手在小块纸张上所写的名字之后（这是教士在家里所关心的唯一的事情，这是引起关于每个客人的座位问题的大争论的事情），小姐就挺着她的服装走去会合她的舅舅。那时刻正是一天中最明媚的时光，舅舅正在光河沿岸的土台上散步，倾听着躲在深林的巢中而不害怕猎夫和儿童的小鸟的歌咏。在这等待的时刻，她从没有走近施本德教士而没有问他一些可笑的问题，逼着老年人给她谈论一些可以使她快乐的闲话。原因是这样的，原来这特性可以完成描绘这超卓的女郎的品格。

高尔芒小姐认为谈话是她的一个责任；这并不是因为她是善于饶舌的，不幸得很，她没有多少的思想，不会用多少的语句去闲谈；这是因为她认为可以这样的完成宗教所命令她的一个会社的责任，宗教命令我们对于亲人应当和善。这种责任心使她付了相当的代价，她就请教她的导师古杜里埃教士关于这种幼稚而忠诚的礼仪。无论他的忏悔者如何的留心，无论她如何的承认帮助她的灵魂去寻找语句的内心的修养是怎么样的辛苦，这位对于教规这样严紧的年老的牧师却给她念读了圣沙尔・佛兰苏所写的关于人世的妇女的责任，关于严守教规，在家里和气，让亲人安闲无扰的敬虔的基督徒妇女的合礼的快乐的那一段的话。可怜的女人就这样的深埋在她的责任之中，她要不顾一切的顺从导师的命令，导师叫她跟人家谈话时应当要温和。当她看见谈话变成疲惫的时候，她就在胸衣里流出汗液，因为她很费力的想法子发出思想来使熄灭了的谈话再变成有生气的。于是，她就说了许多奇怪的命题，例如：谁也不能够同时分身两地，除非是当了小鸟以外。有一天，她就是用这一句话相当成功的引起一种她所不懂的关于使徒的圣灵遍在说的讨论。这种的演奏使她在社会中赢得善良的高尔芒小姐的雅号。在社会上的聪明人口中，这句话的意思就是说她是和鲤鱼一般的无知，几乎可以说是傻瓜；但是许多在她势力之下的人们都以正面的意义来了解这句形容词，而回答说：

“噢！是的，高尔芒小姐真是杰出的人才！”

有的时候，因为总要对客人和悦，总要尽社会的责任，她就发了一些这样荒谬的问题，甚至于社会中的人们都哈哈的大笑起来。比方说，她问人家政府收了这么久的税到底拿来干些什么；《圣经》既然是摩西时代就有的，为什么耶稣基督时就没有刊印《圣经》。她所有的是英吉利的 country gentleman（乡下绅士）的力量。这位乡下绅士常常听见人家在下议院里谈到后裔，就站了起来，说了这一段闻名的 speech（演词）：“诸位先生，我常常在这里听见人家说到‘后裔’，我很想知道这种力量到底给英吉利做了些什么呢？”

在这种环境之下，英勇的发罗瓦骑士看见了这些准学者们所交换的无情的微笑，就用他的外交的智慧所有的一切的力量来援助老小姐。喜欢润饰女人的老绅士，就把他的聪明借给高尔芒小姐似是而非的支持她；他很巧妙的掩护小姐的退却，使人家觉得老小姐并没有说过任何的傻话似的。有一天，她很严肃的承认她并不知道“牛”和“母牛”有什么不同。快乐的骑士就阻止了一片笑声，回答说：“牛”只能够是“母牛的舅舅”。还有一次，当她听见人家大肆谈论养马的困难的时候（这是这个有上等的养马场的地区所常讨论的问题），她就懂得马是从交尾来的，而问到为什么人家每年不做两次交尾，骑士就把笑谑拉到自己的身上。

“这是很可能的。”他说。

“错误是自然科学家所做下来的，”他说，“他们还不知道想方法阻止母马每年不做上十一个月的工。”

可怜的小姐之不知道一个交尾，这正如她之不知道分别“牛”和“母牛”一样。发罗瓦骑士的帮助得不到感恩，因为高尔芒小姐从来不了解他所做的任何一个武士道的服务。眼看着谈论又有了生气，她并不觉得自己是她所想象的那样的愚笨。最后，有一天她就安置在自己的无知之中，正如布郎卡斯公爵一样。因为《糊涂虫》[1] 的主角就站在自己所灌注的沟渠里面，沾沾自喜的，甚至于当人家来把他拉出来的时候，他却问人家到底要对他怎样。自从这最近的一个时期之后，高尔芒小姐已经不再恐惧了，她有一种平稳的态度，给她的演奏加上了一些严肃的成分，这成分就是英吉利人用以完成他们的幼稚的爱国行动的，同时也是愚笨的骄傲。用倨傲的步伐走近她的舅舅的身边时，她就再三思考着给他发出一个可以把他从总是使她苦恼的寂寞中拉出的问题，因为她相信他是烦扰的。

“我的舅舅，”她对他说，一边朝着他的手臂倾斜过去，快乐的靠近他的身边（这还是她的一种想象，她心里想：“如果我有一个丈夫的话，我就这样！”），“我的舅舅，如果这世界上的一切都是依照上帝的旨意进行的话，那么，一切的东西都有他的理由吗？”

“当然啦，”施本德教士沉痛的说，因为爱惜他的外甥女，他常常用一种天使一般的忍耐来把自己从默思中解脱出来。

“那么，如果我还是当小姐的话，这是一个假设，上帝愿意我这样吗？”

“是的，孩子。”教士说。

---

[1] 《糊涂虫》（Distrait）是勒额尔（Regnard）所著的喜剧，以诙谐著名。

“可是任何的东西都不能够阻止我明天出嫁，那么，他的旨意就可以被我的旨意所破坏吗？”

“这也许是真的，如果我们认识清楚上帝的真意的话，”旧日的索尔朋①修道院院长回答说，“我的女儿，你注意到你说了如果吗？”

希望用一种“一切都有可能”的论证来引导舅舅去谈论婚姻问题的可怜的女郎就呆呆的愣住了；但是迟钝的人所有的逻辑是儿童的推理，就是从回答走到询问，常常使人窘困的逻辑。

“可是，我的舅舅，上帝并不是造了女人让她们当小姐的；因为她们必得大家都是小姐或且大家都是太太。这种分配是不公平的。”

“我的女儿，”善良的教士说，“教会的规律认为，独身是走到上帝面前的最好的道路，你却说是教会的错过。”

“但是，如果教会有道理的话，如果一切的人都是好的天主教徒的话，人类不就要灭种了吗，舅舅？”

“你太聪明了，露丝，要幸幅的人不应当太聪明。”

这一类的一句话在可怜的女郎的嘴唇上激起了一个满足的微笑，使她确信她所开始对自己产生的意见。这就是我们的社会，我们的朋友和我们的敌人，所以是我们的错过的共谋者的原因。这时候，谈话就被陆续到来的客人打断了。在这排场设宴的日子里，这种带有地方色彩的幕景可以产生家里人和外来客之间的小亲昵。小玛利看见最为好吃的法院院长走过去，就对他说：

“啊！郎塞勒先生，我顺您的意做了些烧菜花，因为小姐知道您非常喜欢菜花，她告诉我：‘小玛利，别少了菜花，我们有院长先生哩。’”

“这好意的高尔芒小姐！”本地的法官回答说，“小玛利，您是

---

① 索尔朋（Sorbonne），即巴黎大学。

用汁拌呢，还是用汤泡呢？用汁拌更油一点！”

院长一点儿轻蔑的神气也没有的走进了评议室，小玛利正在那里说明判案。院长投去了一道烹饪家的眼色，发表了一些意见。

“今天好，太太，”约瑟特对逢迎女仆的葛兰桑夫人说，“小姐很想您，您可以有一盘鱼。”

至于发罗瓦骑士呢，他就用亲昵的贵族的轻佻的声调对小玛利说：

“好吧，好厨子，我得把十字勋章赏给谁呢？有没有什么块头值得保留的吗？”

“有，有，发罗瓦先生，一只从皮勒保德送来的野兔，有十四磅重。”

“好姑娘！”骑士说着，给约瑟特一个确定。“啊！有十四磅重！”

布斯基埃不在被邀之列。高尔芒小姐忠实于您已经知道的这种制度，她虐待这位五十岁年龄的男子，然而她对他却有一种深入心中的不可解释的感觉；虽然她曾经拒绝过他，有时候她却后悔，她总有一种预觉好像要嫁给他，同时又觉得有一种阻止她来愿望这个婚姻的恐怖。在这些念头的刺激之下，她的灵魂总是关心着布斯基埃。她并没有对自己承认，然而她总是受了这位共和党人的粗大的体格的吸引。虽然葛兰桑夫人和发罗瓦骑士并没有互相解释高尔芒小姐的矛盾，他们却惊异的看着暗地流盼的秋波，这秋波的含义相当的明白清楚，他们两个人也就不得不想方法来毁坏昔日的军粮商人所已经失去而还蓄在心中的希望。人家都在等着两位客人，一位是抵押品管理员古德莱先生，另外一位是从前的歌尔德家的总管楚瓦纳尔先生；楚瓦纳尔先生是贵族社会的法律公证人，他就是因此而大受他的功德所应当得到的欢迎，而且有一笔相当可观的财产。当这两位迟到的客人来了的时候，约克冷看见他们走进客厅就对他们说：

“他们都在花园里。”

无疑的大家的胃口都是不能再忍耐的，因为一看到抵押品管理员，城里的一位最和蔼的人就站了起来，用同样情形之下一般迟到的人所受到的低声的喧嚣来欢迎他。（这个人只有两个错处，就是娶了一位有钱而不能忍受的老太太，喜欢说许多自己第一个人发笑的双关语。）在等待正式宣告入席的时候，大伙们就在光河沿岸的土台上散步，瞧着河中的水草河床的图案形，蹲踞对岸的房屋的美妙的细节，老旧的木廊、栏杆腐烂的窗户、突入河面的房子的倾斜的支柱、晾晒破衣的小院、细木匠的工场，总之，这些小城市的困苦的景象，然而这些景象却可以由毗邻的河水、一棵垂柳、一些花朵、一棵玫瑰来交通一种我也说不出来的值得山水画家的敬重的幽雅。骑士研究一切人的脸孔，因为他知道他的挑唆者是和城中最好的会党颇有瓜葛；但是谁也还没有高声谈到这个大新闻，苏三和布斯基埃的新闻。外省人赋有倾注喧嚣的最高的本领：谈论这种怪异的冒险行为的时刻尚未到来，每一个人都得先记到这事情。所以，大家就耳语着：

“您知道吗?”

“知道。”

“布斯基埃吗?”

“和这美丽的苏三。”

“高尔芒小姐一点儿都不知道这桩事吗?”

“一点儿都不知道。”

“啊!”

这是喧嚣的乐曲，这乐曲的强调当人家要演奏第一节的时候就会爆发的。发罗瓦骑士忽然告诉了戴着插有莲馨花的绿色帽的脸色发亮的葛兰桑夫人。这是不是有意要开始这合奏呢？虽然这一类的新闻就好像是这些人物的单调生活的等待开发的金矿，有意挑唆的观察家骑士，他却相信在这位善良的女人身上看出有一个比较更为广阔的情绪的表达：一个因为个人的利益的胜利而生的快乐！……然后，他就转过头来细看阿丹那斯，而以一种深刻的集中的寂寞来使他惊愕。一会儿，年青人给高尔芒小姐那类似军队的半圆形铜鼓的上身所投去的眼色就给骑士的灵魂带来一道突如其来的微光。这一闪光让他瞥眼看到一切的过去。

“啊！好家伙，”他对自己说，“我原来是碰到这一类的马勒！”

发罗瓦先生走近了高尔芒小姐，为着能够给她伸过手臂，带她到饭厅里来。老小姐对于骑士颇为敬重；因为，真的，他的家姓和他在本省的贵族社会之中所占有的地位可以作为她的客厅的最为光耀的装饰。十二年以来，她在良心上都愿意变成发罗瓦夫人。这个姓氏就好像是生有许多思念的树枝一样，这些思念从脑筋里分发出来，走到高贵、等级和一个配偶的外观上面来；如果发罗瓦骑士是心灵、精神和雄心所选择的男子的话，这个老家庭的破落（虽然修饰得和迎神会中的圣约翰一样）却吓坏了高尔芒小姐：如果她在他身上看出是个绅士的话，她的女人的部分却没有看他是个丈夫。骑士对于婚姻问题所装出的毫不在乎的态度，特别是他所冒称的在这个住满娇艳女工的房子里的他的风尚的贞洁是发罗瓦先生的一个极大的错误，和他所预想到的正正相反。这位在养老金问题方面看得这样准确的绅士在这桩事情里却看错了。高尔芒小姐不会狐疑她对于这位过分老实的骑士的意见可以用这句话来表达：“他可惜不放荡一点儿！”人类心灵的观察家已经注意到敬虔的人对于坏人的倾慕，很奇怪这个他们认为是违反基督教德性的趣味。先说，除了给有德性的女人一个洗净罪恶所混浊的黑炭一般的污水的命运以外，您能给她什么更好的命运呢？但是我们怎么能够没有看到这些因为行为的规律的严谨而永远不

阿丹那斯给高尔芒小姐所投去的眼色给骑士的灵魂带来了一道突如其来的微光。

触犯夫妇的忠实的生活的高贵的女性应当自然而然的愿望一个赋有高等实际经验的丈夫呢！坏人多半是爱情中的伟人。所以，可怜的女人就战栗的发现她的选举瓶破为两块了。只有上帝能够测量发罗瓦骑士和布斯基埃。为着了解骑士和高尔芒小姐将要谈论的稀有的语句起见，我们就得叙述在城中激动而产生各种不同的意见的两桩事。布斯基埃而且是很神秘的渗杂其中的。

一桩是关于阿郎桑教士的事。教士从前曾经发过宪政派的誓言，他这时候却以他的最高的德性来克服天主教的矛盾。这是一位具体而微的楚维鲁斯主教，他颇受人家的赏识，所以死了之后全城的人都痛哭他。高尔芒小姐和施本德教士是属于正统派的高超的小教会的，这教会之和罗马教廷的关系就好像是极端派之与路易十八的关系一样。特别是教士，他不认识这个和宪政派有密切关系的教会。这位宪政派的教士从来没有得过高尔芒家的接待，高尔芒的同情心整个的被阿郎桑的贵族的教区圣黎昂拿德的住持教士吸去了。布斯基埃是隐蔽在保王党外皮之下的自由党，他知道联合那些代表一切反政府派的店基的不满意政府的人士是如何的需要，他已经在宪政派的教士身边结成了中产阶级的同情。

第二桩事是：在这个粗鲁的外交家的秘密怂恿之下，阿郎桑城中有酝酝着建筑一所戏院的念头。布斯基埃的主谋人们并不认识他们的领袖，他们只是非常热心，相信是卫护他们自己的观念。阿丹那斯是那些热心想要建筑一所戏院的人们之中的一个，几天以来，他在市政府的各个办公室里替一切年青人所同意的义举请愿。绅士给老小姐伸过他的手臂，预备散步；她接受了，不是没有报以快乐的注视，骑士就用一种雅致的态度回答她，指着阿丹那斯说：

“小姐，您是这样注重社会的礼节的，而这位年青人和您也有一些亲戚的关系。”

“非常疏远的亲戚关系。”她打断他说。

“您不是应当利用您对他的母亲和他自己所有的威力来阻止他失败吗？”骑士继续着说，“他已经不是怎么样的敬虔了，他支持宣誓过的宪政派；但是这还不算什么。这里还有更严重的事情：他不是轻率的投身于反政府派的路上而没有知道他的目前的行为对于他的将来要有什么影响吗？他暗地里计划建筑戏院；在这一桩事情里，他是上了隐藏起来的共和党人布斯基埃的当了……”

“好家伙，骑士先生，”她回答说，“他的母亲告诉我他聪明，然而他却说不出‘二’字：他总是笔直的站在您的面前，好像是一个毫无光彩的傻瓜一样！”

“什么也不思想的傻瓜！”抵押品管理员叫着说。“我抓住那个正在偷东西的贼，那个人！——我给发罗瓦骑士效劳！”他加上一句说，用莫尼埃·亨利对普鲁东·约瑟所有的隆重的礼貌来给绅士致敬，这是抵押品管理员所属的阶级的可敬的典型。

发罗瓦先生用保持原来的距离的贵族所有的干枯而高傲的敬礼来回报他；然后，他就拉高尔芒小姐到较远的几个花盆那边去，使打断他的话的人懂得他并不愿意让人家来侦探。

“您怎么，”骑士侧身朝着高尔芒小姐的耳朵，轻声的说，“您怎么会让这些在讨厌的帝国御立中学里教养的年青人有这些主意呢？只有善良的风俗和贵族的习惯才能够产生伟大的思想和优美的爱情。瞧了他一眼，您就不难猜出这位可怜的孩子会变成完全愚笨的，会悲惨的死去。您瞧他是怎么样的苍白、怎么样的憔悴啊！”

“他母亲吹牛说他工作过度，”老小姐天真的回答，“他每天夜里，忙着忙什么呢？忙着念书，忙着写字。一个年青人夜里写字，这要把他弄到什么情况呢？”

“可不是嘛，这要使他的精力消耗殆尽。”骑士接着说，想方法把老小姐引到他希望看见她讨厌阿丹那斯的地步上面来。“这些帝国御立中学的学风未免太可怕了。”

“噢！是的，”质朴的高尔芒小姐说，“人家不是让他们头上顶着鼓在街上溜达吗？他们的老师们甚至于还不如异教徒那样的信教。可是人家就让这些可怜的孩子们穿上制服，完全跟军队一样。真是好主意！”

“结果就是这样的。”骑士指着阿丹那斯说，“在我的时代，一个年青人看了一位美人难道还会害臊吗？可是，他，他看见您就低下他的眼睛！这位年青人颇使我害怕，因为他使我发生兴趣。请您告诉他不要这样的跟波拿巴特派伙在一起暗中计划建筑这座戏院；当这些年青人不再用暴动（因为这个字眼在我看来是和‘合于宪法’同义的语词）去要求的时候，政府就会建筑。再请您告诉他的母亲，叫她得看管他。”

“噢！她一定要阻止他去看这些半兵的孩子和下等的社会，我相信。我去告诉她。”高尔芒小姐说，“因为他会丢了他在市政府的地位。那么，他和他的母亲得用什么来生活呢？……这让人家发抖。”

正如达利兰先生批评他的妻室一样，骑士瞧着高尔芒小姐对自己说：

“让人家给我找一个更傻的人来！用绅士的名望发誓！铲除智慧的德性不是一个罪恶吗？但是，配合我这样年纪的男人，她是多么可敬的一位女人啊！真好的原则！真好的无知！”

您得懂得这句向戈里查公主发去的独语是在他装塞一撮鼻烟的时候说出的。

葛兰桑夫人猜透了骑士在谈论阿丹那斯。她忙于知道这会谈的结果，就跟着走向年青人而在前面留下六步的庄严的高尔芒小姐来。但是，这时刻约克冷却来通知小姐入席。老小姐瞧了骑士一眼，叫他来。风流的抵押品管理员开始看到绅士的举止有一种这时代外省的贵族高筑在他们和中产阶级之间的障碍物，他就非常高兴来制御骑士；他在高尔芒小姐身边，就弯曲他的手臂给她伸过去，她也就不得不接受了。骑士使用他的政治手腕，他立刻向葛兰桑夫人那边跑去。

“亲爱的太太，”他对她说，慢慢的跟着一切的客人后面走，“高尔芒小姐对于您的亲爱的阿丹那斯有极乎剧烈的兴趣，但是这兴趣却因为令郎的错过而熄灭了：他没有宗教的热心，他是自由党，他为这戏院而激动，他常和波拿巴特派来往，他对宪政派的教士发生兴趣。这种行径可以使他失去他在市政府所有的地位。您知道国王的政府如何小心的进行肃清工作！一旦解了职，您的亲爱的阿丹那斯要到哪儿去找事儿呢？但愿他别让政府方面看不上眼！”

“骑士先生，”受惊的母亲说，“我得如何感谢您啊！您有道理，我的儿子上了一群无赖的当，我要让他明白。”

好久以来，骑士就已经一眼看透阿丹那斯的性格，他已经从这位年青人身上看出一种相信共和党的不大容易粉碎的成分，这年纪的年青人往往为这些信仰而牺牲了一切，溺爱于这个这样胡乱加以定义，这样不大被人了解，然而却是被轻蔑的人的革命的旗帜的名词：自由；在这些被轻蔑的人看来，革命就是报仇。阿丹那斯应当是坚持他的信仰，因为他的意见是和他的艺术家的苦恼、他对于社会现象的苦楚的默想联在一起的。他不知道在三十六岁的时候，在人们能够判断别人、判断社会的关系和社会的利益的时候，他最初曾为其牺牲他的前途的意见应当得在他的身上起了变化，正如在一切真正超卓的人身上一样。继续忠实于阿郎桑的左派，这就等于得到高尔芒小姐的厌恶。骑士算是看准了这一点。在外交的圈围里，狡猾、能力、感情和利益都是围绕各国的严重的问题，然而这表面上这样和平的会社的骨子里却和外交的圈围同样的激动。客人们都坐在桌子的旁边，每一个人都用外省人的吃法吃着，不怕有好胃口，不像巴黎那样的连牙床的动作都得依照反对解剖法的禁奢法进行着。在巴黎，人家是用齿尖吃东西的，人家在摸索着快乐；然而外省的事情却自然的进行着，外省的生活也许太集中于这伟大而普遍的生活方式之上，上帝就是用这生活方式来责罚他的造物的。

第一盘菜吃过的时候，高尔芒小姐就举行了一段最为著名的演奏。因为两年之内人家都继续谈论这演奏，而当人家讨论她的婚姻的时候，阿郎桑的中产阶级的一切聚会也都叙述这桩事。当她将要引出最末一段的演讲时，谈论就变成多嘴而炽烈的，大家也就自然而然的谈到戏院的问题和宣誓加入宪政派的教士了。在一八一六年保王党所处的最热闹的地位中，那些后来被人称为本地的耶稣会徒的人众都愿意把佛兰苏教士驱逐出教区之外。发罗瓦先生疑惑布斯基埃是这位教士的后台老板、这些阴谋的促进人，绅士而且已经把这些阴谋巧妙的推在他的背上，布斯基埃是被告，而且没有替他辩护的律师。阿丹那斯是唯一坦白支持布斯基埃的客人，然而他却不能够在这些阿郎桑的暴君之前发表他的意见，他甚至于认为他们是傻子。只有在外省里还可以找到一些尊敬年龄的人，既不敢指摘他们，也不敢太乎过分的驳难他们。被橄榄烧鸭的美味所弱化的谈论突然落在杯盘之中。垂涎自己的烧鸭的高尔芒小姐愿意替人家所认为危险的阴谋家、能够让山岳格斗的坏人布斯基埃辩护：

"我，"她说，"我相信布斯基埃先生只忙于做些儿戏的琐事。"

在目前的环境下，这句话却有一个极大的成功。高尔芒小姐得到一个美妙的胜利：她使戈里查公主跌倒，鼻子碰着桌上。一点儿也没有想到在他的杜尔西尼身上会发出这样一句话的骑士大为叹赏，他甚至于一时找不出相当恰当的颂词；他心里暗暗的喝彩，正如人家在意大利剧院里用指头来装做叫好一样。

“她真是聪明得让人敬爱，”他对葛兰桑夫人说，“我常常说她总有一天会爆发她的大炮。”

“但是，在私下的交情里，她总是可爱动人的。”寡妇回答说。

一旦平静了这个荷马式的笑谑，高尔芒小姐就问她的成功的原因。于是就开始演唱了喧嚣的高音。人家认为布斯基埃有单身汉吉冈额老伯的脸纹，一个怪物的面貌，这怪物十五年来一个人单独的维持收养弃婴；人家揭破他的不道德的习俗；这不道德的习俗正是相当于他的放肆的巴黎生活，等等。在这位最善于演唱这种合奏的发罗瓦骑士的指导之下，这喧嚣的高音的开幕是很伟大的。

“我不知道，”他用满充仁慈的神气说，“有什么人可以阻止布斯基埃去娶这个我也不知道是谁的苏三：您怎么叫她的名字呢？苏三！我虽然住在拉尔多夫人家里，我只看见过这些小姑娘，并不大认识她们。如果这位苏三是一位灰眼睛、细嫩娇腰、小金莲的无礼的高大的美女的话，如果她不大容易引起我的注意而她的步伐却很倨傲的话，她的举止态度就比布斯基埃高明得多。并且，苏三有美丽的贵质；从这一点上说来，这个婚姻就于她不利了。您知道约瑟皇帝曾在鲁施恩好奇的想去观看巴利美人；他给她伸过手臂，想要拉她去散步；但是受宠若惊的可怜的女郎却犹豫不敢接受这手臂；皇帝就对她说：‘美人总要当皇后。’请您注意这是一个奥地利的德国人，”骑士加上一句说，“但是，请您相信我，我们这里认为德意志是粗野的，可是德意志是高贵的武士道和美丽的姿仪的国度，特别是靠近波兰和匈牙利那一带，因为那里有许多……”

说到这里，骑士就停止了，只怕让人家想到他自己的一桩幸福的风流韵事；他只拿起他的鼻烟匣，把故事的结尾告诉给对他微笑了三十六年的公主。

"这句话出自路易十五的口中总算是很有韵致的了。"郎塞勒说。

"但是，我相信这是关于约瑟皇帝的事情。"高尔芒小姐接着说，表现她的小聪明。

"小姐，"骑士看见院长、法律公证人和抵押品管理员互相交换狡狯的眼色，就这样的说，"巴利夫人是路易十五的苏三，这是我们这些其他的坏人所共知的事情，但是却是一些年青人所不应当知道的。您的无知证明您是一颗没有疤点的金刚钻：历史上的腐败的事实一点儿也达不到您的身上。"

施本德教士温存的瞧了骑士一眼，点一点头，表示颂赞的意思。

"小姐不知道历史吗？"抵押品管理员说。

"如果您要把我扔在路易十五和苏三的闲事里，您怎么能够要我知道您的历史呢？"高尔芒小姐如天使一般的回答说，她很高兴看见一盘鸭子吃空了，看见大家这样热烈的谈话，听到这最后一句话的时候，一切的客人甚至于都塞住一满口的笑了起来。

"可怜的小姑娘！"施本德教士说，"不幸来的时候，和异教徒的爱情同样盲目的神圣的爱情，这慈善，就不能够看出原因来了。我的外甥女，您是母亲会的会长，您得救助这个女孩子，这个不容易结婚的女孩子。"

"可怜的孩子！"高尔芒小姐说。

"您相信布斯基埃娶她吗？"法院院长问。

"如果他是忠厚的人的话，他就能够。"葛兰桑夫人说，"但是，真的，我的狗所有的行径都比他更为忠厚……"

"无论如何，阿梭尔总是一个大军粮商人。"抵押品管理员狡猾的说，他想从双关语说到讽刺话。

吃饭后点心的时候，人家还是说到布斯基埃，布斯基埃让他们说出了葡萄酒的力量所爆发出来的成千的套语。每一个人都在抵押品管理员的牵引之下用另外一个相关语来回答双关语。[①]

一个人往往不知道人家对他的品评：全城的人都在关心他、谗谤他、咒骂他：如果他没有朋友的话，他就一点儿也不会知道。无罪的布斯基埃，希望变成罪人，愿望苏三没有撒谎的布斯基埃，布斯基埃是最高的无知：谁也没有对他说到苏三所漏泄的消息，大家都觉得不大方便来问他当事人所要秘密隐存的问题。有的人已经到客厅来过夜会；当大家从饭厅回来要到客厅来喝咖啡的时候，布斯基埃好像是愤怒的、轻浮自傲的。高尔芒小姐心里有点耻愧，她不敢瞧视这位追逐者；她忙着跟阿丹那斯攀谈，把他加以道德化，因为她给他吐出许多关于保王党的政治和宗教的道德的奇怪的共同意见。可怜的诗人并没有一个和发罗瓦骑士一样的饰有公主肖像来排除这些因为稚气而得到的有罪的鼻烟匣，他只呆呆的听着他所崇拜的女人说话，瞧着她那怪异的胸脯，这保守有绝对的休静（民众的特性）的胸脯。他的欲望使他沉醉了，使他把老小姐的尖锐的低声认为是甜蜜的呻吟，把她的平凡的思想认为是聪明的动机。

爱情是个把大铜苏不断的变成金路易的私铸钱币人，这种人也往往把金路易铸成大铜苏。

“那么，阿丹那斯，您答应我这个吗？”

这最后一句话打击了幸福的年青人的耳朵，好像这些声音要突然惊醒人家似的。

“什么呀，小姐？”他回答说。

---

① 这里有几句由语言的结构而加以变化的双关语，并不是中国语所能翻译的，只好从略。

高尔芒小姐忽然站了起来，瞧了瞧布斯基埃，这时刻布斯基埃就像是共和政府铸在厄古钱上的童话中的人物一般；她朝着葛兰桑夫人那边走去，向她的耳朵说：

“我可怜的朋友，令郎是个白痴！中学毁了他。”她说着，记起了发罗瓦骑士所对她坚持说到的中学的坏教育。

真是半天的霹雳！可怜的阿丹那斯莫名其妙的把他的火焰投在老小姐心里所堆积的葡萄蔓枝；如果他听她说话的话，他一定能够让她懂得他的热情：因为高尔芒小姐这样的激动的状态，一句话也就够了；但是年青人的真正的爱情所特有的这种愚笨的贪婪毁了他了，正如有的时候，一位满有生气的孩子因为无知而杀了自己一样。

“你到底对高尔芒小姐说些什么啊?”葛兰桑夫人问她的儿子。

“什么也没有说呀!”

“什么也没有说……好，我以后再给她解释这个!”她对自己说，把严重的事情延搁到次日，因为她觉得这句话没有多大的重要性，她相信布斯基埃已经在老小姐心中失败了。

一会儿，四张桌就坐上了十六个牌手。四个人对于毕克牌发生兴趣。这是可以使人输上许多金钱的赌戏。检察官楚瓦纳尔先生和两位贵妇到红漆的办公室里去玩骰子戏。火生起来了；然后，高尔芒小姐会社的花朵就到壁炉的前面、靠椅上、绕围桌子的四周来开放了。在这之前，每一对新来的客人都对高尔芒小姐说：

“那么，您明天真的要到皮勒保德去吗?”

“可不是吗?”她回答说。

一般的情形，家里的女主人总好像是很忙的。葛兰桑夫人第一个看出老小姐的情形是不大自然的：高尔芒小姐在沉思。

“您想些什么呢，表妹?”她看见她坐在化妆室里，终于对她说。

“我在想这位可怜的小姑娘，”她回答说，“我不是母亲会的会长吗？我去给您找十个厄古来。”

“十个厄古！”葛兰桑夫人叫了起来，“可是您从来没有给过人家这么多。”

“但是好表姐，生孩子是这么自然的啊！”

这句从心中发出的不道德的话语愣住了母亲会的会计。布斯基埃显然在高尔芒小姐的心中长大了。

“真的，”葛兰桑夫人说，“布斯基埃不但是一个怪物，而且是一个无耻的人。当人家使别人受到偏见的批评的时候，人家不是应当赔偿他吗？我总觉得这位小姑娘是个非常坏的女人，因为在阿郎桑还有比这个犬儒学派的布斯基埃更好的人，他不是比我们更应当来救援这位小姑娘吗？为着接近他就得变成放荡的女人。”

“犬儒学派！令郎教您这些听不懂的术语，亲爱的。当然我并不愿意责备布斯基埃先生；但是请您给我解释一下：一个女人选择一个男人而不喜欢另外一个男人，这是怎么放荡的？”

“亲爱的表妹，您可以嫁给我的儿子阿丹那斯，这是再自然不过的事；他年纪轻，长得漂亮，有前途，他将是阿郎桑的光荣；只是大家都要批评您，认为您是因为要得到幸福才嫁给这年青的孩子的。长舌头的人一定要说您囤积幸福，免得有缺乏的一天，一定还有许多妒忌的女人要说您是腐化了的；但是这又有什么相干呢？您总要好好的被爱，而且是真正的被爱。如果您觉得阿丹那斯有点像白痴的话，亲爱的，这正是因为他有太多的思想；极端总会相碰。他真的就像十五岁小姑娘一般的活着；他没有在巴黎的脏污生活中滚过，他！……好吧，请您换一换比例项，正如我可怜的丈夫所说的一样：布斯基埃和苏三相比是一样的比率。人家一定要诽谤您，您；但是，关于布斯基埃的事情，一切都是千真万确的。您懂得吗？”

“并没有比听您说希腊文更懂得您。”高尔芒小姐一边说，一边睁开大眼，施展她的一切的智力。

“好吧，表妹，正确的说，苏三不能够爱布斯基埃。如果在这桩事里，心是无所谓的话……”

“但是，表姐，如果人家不是用心来恋爱的话，那么，是用什么来恋爱呢？”

这里，葛兰桑夫人就对自己说了发罗瓦骑士所想到的一句话：

“这可怜的表妹未免太天真了，这超过答应了！——亲爱的孩子，”她接着高声的说，“我觉得人家不能够只因为精神的爱恋而怀胎。”

“可以，怎么不可以呢？亲爱的，因为神圣的圣母……”

“但是，好孩子，布斯基埃并不是圣神！”

“这也是真的，”老小姐回答说，“他是一个男人！一个性情相当危险，让他的朋友们叫他结婚的男人。”

“表妹，您会弄到这结果……”

“呃！怎么办呢？”老小姐用基督徒的仁慈的同情心说。

“在他没有娶亲之前，别接待他；您得为世道和宗教在这种环境中做一个值得颂赞的榜样。”

“等我自皮勒保德回来的时候，咱们再谈这个吧，亲爱的葛兰桑夫人；我要请教请教我的舅舅和古杜里埃教士。”高尔芒小姐一边说，一边回到这时候已经到达最热闹的程度的客厅里来。

灯火、盛装的女人、整肃的色调、会场的庄严的空气，这一切之使高尔芒小姐骄傲都并不在这种贵族的社会之下。在许多人看来，就是在巴黎也找不到更高贵的上流社会。这时候，和发罗瓦骑士跟两位老贵妇（古德莱夫人与郎塞勒夫人）一同打魏斯特牌的布斯基埃就变成了无声的好奇的对象了。几个年青的女郎就在参观打牌的借口之下到这边来端详他。虽然是偷偷的，这端详却是太奇怪的，使老单身汉终于以为在装束上忘记了什么。

“我的假发是不是戴反了呢?”他用老单身汉所有的极大的不安对自己说。

他就利用结束第七个 rubber 的一副打得极坏的牌，离开了牌桌。

“我不能够碰着一张牌而没有丢掉它,”他说,“我未免太不幸了。”

“您倒是幸福的。”骑士说着，给他投去一道狡狯的眼色。

这句话就自然而然的传遍了全客厅，每一个人都依照本地的达利兰王子，这个骑士的甘美的腔调重复的叫唤着。

“只有发罗瓦骑士才能够找到这一类的东西。”圣黎昂拿德的教士的外甥女说。

布斯基埃一个人走到《逃亡者》上面的长方形的照身镜面前来照一照自己，然而他却找不到有什么奇怪的地方。在这同样一句话而变成各种方式的无数的传诵之后，十点钟左右，大家就沿着长形的等待室的“车站”上进行着散会的仪式。高尔芒小姐送了几位她所亲热的客人，给他们在石阶上接吻。大队人马走开了，一部分人取了布列颠和别宫的路，一部分人走向接近沙尔特的地区去。于是就开始了二十年来都在这同一的时刻、同一的街道中回响的谈论。这是无可避免的：

“高尔芒小姐今天晚上太好了。”

“高尔芒小姐吗？……我觉得她很特别。”

“这可怜的教士就这样的衰弱下去！您没有看见他好像是睡觉了一样吗？他不知道他的牌在哪儿，他糊涂了。”

“我们恐怕要有损失他的悲哀了。”

“今天晚上天气好，明天一定又有好天气!”

“让苹果树落花的好气候!”

“您赢了我们；但是，如果您和发罗瓦先生打牌的话，您就和我们没有什么不同的了。”

“那么，他赢了多少呢？”

“不过今天晚上，他只赢了三四个佛郎。他从来不会输的。”

“是的；我说，您知道一年有三百六十五天，这样的价钱，他的赌博就等于有了一个农场！”

“啊！今天晚上我们是倒了什么霉啊！”

“你们是相当幸运的，先生，太太；你们到了家了，但是我们却得走半城的路。”

“我不可怜您，您可以有一辆车，但是您却走着来。”

“啊！先生，我们有一个待嫁的女儿给我们脱去了一只车轮，我们的儿子在巴黎的花费又给我们拿走了一只车轮。”

“您要他当法官吗？”

“造就年青人又要怎么啦？……何况给国王效劳也并不算是耻辱。”

有的时候，路上就继续着关于苹果酒或麻布的问题的讨论，这些谈论总是用同样的语调说出来的，总是回到同样的时代。如果有一两个研究人心的观察家住在这条街道的话，听了这个谈论，他们就可以知道那时候是在哪一季。但是这一次，这谈论却是太诙谐的，因为一个人走在前头的布斯基埃不合时宜的低声的唱着他的《多疑的女郎》、《你懂得小鸟的鸣叫吗？》等等。在一部分人看来，布斯基埃是一个非常强有力的人、一个被人误加批评的人。自从人家证明他在王家新立的机关中有一个位置之后，法院院长就在布斯基埃面前鞠躬。在另一部分人看来，这位军粮商人则是一个危险的人物，行为卑劣，什么事情都能干。爱迭生的寓言曾说到一个美丽的塑像，他说有两个骑士从两边走到塑像所在的十字街头来，他们打起架来：一个认为这塑像是白的，一个认为是黑的；然后，当他们都打倒在地下的时候，他们就看见他是右边白色左边黑色的，然而第三个来救助他们的骑士却发现他是红色的。在外省正如在巴黎一样，观察事物的人就是这个样子的。

回到家里的时候，发罗瓦骑士对自己说：

“现在是散布我和高尔芒小姐结婚的空气的时候了。这消息应当由德斯格里昂客厅里传出，一直传到西埃斯的主教家里，再由代理主教传到圣黎昂拿德的教士家里，这教士不会不告诉古杜里埃教士，这么一来，高尔芒小姐就可以在她的活泼的工作里收到这有键索的弹子。德斯格里昂侯爵就可以邀请施本德教士去吃饭，来阻止这责备高尔芒小姐的诽谤，如果我因为她的拒绝而骂她的话。教士一定会觉得为难；然后高尔芒小姐就不会不接见戈尔德夫人的访问，夫人一定会指示她这结缡的伟大和前途。教士的承继不只值得十万厄古，这位老小姐的积蓄也不只是二十万厄古，她有她的公馆、皮勒保德和一万五千佛郎的年收。只要对我的朋友方登伯爵说一句话，我就可以当了阿郎桑的市长和议员；然后，一旦坐上了议院的右厢里，我们就可以做到世卿的地位，而叫着：‘闭会！’或是：‘守秩序！’”

葛兰桑夫人回家的时候，就热烈的给她的儿子解释，她的儿子不愿意了解存在于他的意见和他的爱情之间的联系。这是这可怜的家庭的第一次的吵闹。

第二天九点钟，高尔芒小姐和约瑟特坐在小车子里，她就像金字塔一般的坐在一大堆包裹的上面，登上了圣柏来斯街，到皮勒保德去。在那里，她要遇到一桩使她惊讶而促成她的婚姻的事故，这是葛兰桑夫人、布斯基埃、发罗瓦先生和高尔芒小姐自己所没有预料到的。这是一切的艺术家所能捏造的最大的巧遇。

第三章　阴错阳差

到达皮勒保德的第二天，清晨八点钟吃早饭的时候，高尔芒小姐非常天真的忙着倾听她的守卫和她的园丁的报告，约克冷却突如其来的走进饭厅。

“小姐，”他非常惊愕的说，“令舅先生给您派了一个特使葛落斯莫尔姆姆的儿子来，还带有一封信。这孩子天没有亮之前就离开阿郎桑，居然到这里来了。他几乎和柏泥落坡一样的跑！用不用给他一杯酒喝呢？”

“他能有什么事情呢，约瑟特？我舅舅要……？”

“那么，他就不会写信了。”女仆猜想女主人的惊惶，就这样的说。

“快！快！”高尔芒小姐念了前头几行信之后，就叫了起来，“叫约克冷驾上柏泥落坡！——孩子，请您在半点钟之内把一切的东西都再包上，”她对约瑟特说，“我们回到城里去……”

“约克冷！”约瑟特喊着，她被高尔芒小姐的脸部的表情激动了。

从约瑟特处得到消息的约克冷就进来，说：

“可是，小姐，柏泥落坡吃荞麦哩。”

“呃！这和我有什么相干呢？我要立刻动身。”

“可是，小姐，天要下雨呢?”

“那么，我们就让他淋好了。”

“家里有火!”约瑟特喃喃的说；她的女主人静静的读信，看了又看的念着，她颇为这冷静所刺激。

“那么，至少您得喝完您的咖啡，别太兴奋了！瞧，您发红得什么样子似的!”

“我发红，约瑟特!”她说着，走到脱了锡泥的镜子面前照了照，看见自己的影子是双倍的衰颓。“——我的上帝!”高尔芒小姐心里想，“我要变成这么难看吗?——好，约瑟特，好，我的女孩子，给我穿衣服吧。在约克冷驾好柏泥落坡之前我得预备好。如果你不能够再把我的包裹重新放在车子的话，我宁可把他们留在这儿，不能够损失一分钟的时间。”

如果您懂得高尔芒小姐想要结婚的欲望如何的给她养成了一种偏狂，您就可以分担她的感情了。正直的舅舅告诉他的外甥女，他的一位最好的朋友的孙少爷，从前的俄罗斯军队的军官特瓦维尔先生愿意退隐，到阿郎桑来，以教士和他的祖父路易十五时代的舰队司令官特瓦维尔子爵的交情，请求教士接待他。前任的代理主教颇为恐慌，他立刻请求他的外甥女回来帮他忙，接待他们的客人，给他表示家庭的敬意。因为信来得太晚一点儿，特瓦维尔先生晚上就可以落在他的怀中。读了这一封信，皮勒保德所需要的整理还能成为问题吗?这时候，亲眼看见女主人恐惧的守卫和佃户就一声不响的等待她的命令。当他们在过道里止住她，问她一些训令的时候，平生第一遭，专制的老小姐，亲身察视皮勒保德的一切的高尔芒小姐却只对他们说:“随你们的便吧!”不禁使他们不知所措了；因为他们的女主人的管理的谨慎甚至于要计算果子的数目、登记果子的种类，因而能够依据各种果子数目来消费。

“我相信我是在做梦。”约瑟特看见她的女主人在楼梯上飞跑，好像由上帝给加上翅膀的象一般，她就这样的说。

一会儿，顾不得外面的暴雨，小姐终于离开了皮勒保德，给她的从属留下许多的责任。约克冷不敢催促温和的柏泥落坡的经常的速步，这匹马的名字就是一位王后的名字，他也就和美丽的王后一样，要前后步伐整齐的走路。看见了这情形，小姐就用尖锐的声音给约克冷下命令让牝马驰奔，必要的话，加以鞭笞，可怜的牝马大为惊愕；原来小姐只怕没有时间让她好好的整理房屋来接待特瓦维尔先生。她计算舅父的朋友的孙子只能够有四十岁：一位军人应当是一个单身汉；所以，她就自许在舅舅的援助之下绝不让特瓦维尔先生进来之后没有变更身份的离开这家庭。虽然柏泥落坡在驰奔，忙于注视自己的服装而做着结婚的初夜梦的高尔芒小姐却对约克冷说了好几次，认为简直没有走路。她在车里翻来覆去的动作，没有回答约瑟特的问话，自己一个人对一个人说话，好像一个心中筹划大阴谋的人一般。最后，车子终于从莫尔泰额那一边进来，到达了名叫圣布勒斯的阿郎桑的大街；但是这条街在莫尔旅馆左右就改名为西埃斯门街，而在通入布列颠大道的地方又变成柏尔盖伊街了。如果高尔芒小姐的离城曾经哄动了阿郎桑的话，每一个人都可以想象得到她在皮勒保德安居的第二天就在暴雨之下毫不犹豫的回来要如何的激动全城了。每一个人都注意到柏泥落坡的疯狂的驰奔，约克冷的讥消的神气，清晨的时刻，上下乱堆的包裹，约瑟特和高尔芒小姐的热烈的谈话，特别是他们的焦急的态度。特瓦维尔家的产业坐落在阿郎桑和莫尔泰额之间。约瑟特知道特瓦维尔一族的不同的支派。小姐到达阿郎桑石子路时所说的一句话让约瑟特知道这冒险的意义；她们之间就有了一段谈话，两个人都断定将要到来的这位特瓦维尔应当是一位年纪四十至四十二岁的不富不贫的单身汉绅士。小姐自以

小姐就用尖锐的声音给约克冷下命令让牝马驰奔。

为就是特瓦维尔子爵夫人了。

“可是我的舅舅就什么也没有对我说过，什么也不知道，什么情形也没有听过！……噢！这就是我的舅舅！他就忘记了他的鼻子，好像这鼻子不是长在他的脸上似的！”

您没有注意过在这种情况之下，老小姐们会变成李查尔三世一样的聪明、凶猛、大胆、自负，和糊涂的教士一样的瞧不起任何东西吗？一会儿，自圣布勒斯街的上头到西埃斯门之间就立刻的传播着这种严重的急速的回城，全阿郎桑城的公共场所和私人家里都被这消息扰乱了。厨夫们、商人们、过路的行人都一家一家的传说，这消息就到达了上等的社区里。一会儿，“高尔芒小姐回来了！”这句话就好像是炸弹一样的在一切的家庭中爆发。正在这时刻，约克冷就离开了车子前面的那个特别油漆的木凳（这油漆的方法是乌木匠所不认识的）；他亲手开了绿色的圆顶大门，这门好像是家中有丧事一般的关着，因为当高尔芒小姐出门的时候，这里已经不再开会了。忠实的信徒轮流的宴请施本德教士。发罗瓦先生还请了教士到德斯格里昂侯爵家里去吃饭。约克冷亲昵的呼唤了扔在街中的柏泥落坡；习惯于这种管理的牲畜就自己转过身来，穿过大门，在院子里转了几个弯，免得损害了花丛。约克冷又牵住络辔，把车拉到石阶的前面。

“小玛利！”高尔芒小姐喊道。

“小姐吗？”小玛利一边说，一边忙着关大门。

“那位先生没有来吧？”

“没有，小姐。”

“我的舅舅呢？”

“小姐，他上教堂去了。”

这时候约克冷和约瑟特正站在石阶的第一个阶级上，他们伸出手来扶他们那扯扬在连在帘上的舁床上面的女主人下车。小姐投身在他们的手臂里，因为两年以来，她已经不敢再冒险去应用那个打有可怕的大螺丝钉钉在舁床上面的双结的铁踏板。

当高尔芒小姐走到石阶的高处的时候，她就用满意的神色瞧了瞧她的院子。

“来吧，来吧，小玛利，别关大门，到这儿来吧。”

“家里混乱了。”当女厨走近车子的时候，约克冷对小玛利说。

“咱们瞧，孩子，你有什么吃的东西呢?”高尔芒小姐说着，好像一位过度疲劳的人一样的坐在等待室的长凳上。

“可是，我什么也没有。”小玛利一边说，一边把拳头放在臀部上。“小姐清楚您不在家的时候教士先生总是在城里吃饭的；昨天，我还到阿尔孟德小姐家里去找他去哩。”

“那么，他现在在哪儿呢?”

“教士先生吗?他上教堂去了，他三点钟才能回来。”

“他什么也不想吗?我的舅舅!他都没有告诉你，叫你上市场吗?小玛利，你到市场去；别乱扔钱，也别省钱，请你去买那里所有的一切好吃的东西。请你问一问公共马车站人家是怎么弄到香肉的。我要一些光河的大虾。现在几点钟了?”

“九点欠一刻。”

“好家伙，小玛利，别费时间闲谈了，我舅舅所等待的客人随时都可以到达；如果得让他吃早饭的话，我们就没有办法了!”

小玛利转过身来，朝着流汗的柏泥落坡这边走来，她用一种神气瞧了瞧约克冷一眼，好像是说：“这一次，小姐算是快要擒住一个丈夫了。”

“这是咱们俩的事，约瑟特，”老小姐接着说，“因为我们得看看怎么让特瓦维尔先生睡觉。”

这句话是用哪一种幸福说出来的啊!“看看怎么让特瓦维尔先生睡觉”，这句话有多少的意义啊!老小姐心里泛溢着无数的希望。

“您要不要让他睡在绿色的房子里呢？”

“这间主教大人的房子吗？不，这太靠近我的房子。”高尔芒小姐说，“在大人是好的，他是一个圣人。”

“您就给他您舅舅的寓所吧。”

“这房子太空，这未免太没有礼貌了。”

“好家伙，小姐！请您让人家马上在化妆室里排布一张床，那里有壁炉。莫鲁可以在他铺子里找到一张和帐幔材料相同的床。”

“你说得对，约瑟特。好吧，请你跑到莫鲁铺子里去，请教他应当做什么事情。如果这张床（特瓦维尔先生的床）能够在今天晚上没有让特瓦维尔先生看见，如果特瓦维尔先生正在莫鲁还在这里的时候来了的话，我就要这张床。如果莫鲁不干的话，我就让特瓦维尔先生住在绿色的房子里，虽然这太靠近我的房子。”

约瑟特走了，她的女主人又叫她回来。

“把这些话都说给约克冷听！”她用粗暴的满充惊愕的声音嚷着说，“让他自己到莫鲁铺子里去。我的装束呢？如果我就这样的让特瓦维尔先生奇怪的发现，没有我舅舅来接待他的话！——噢！我的舅舅，我的舅舅！——来，约瑟特，你来给我穿衣服。”

“那么，柏泥落坡呢？”约瑟特不小心的说。

高尔芒小姐的眼睛平生第一次发出光辉：

“老是柏泥落坡！这里一个柏泥落坡，那里一个柏泥落坡！柏泥落坡难道是家里的主妇吗？”

“但是它浑身流汗，而且没有吃荞麦！”

“呃！让它死了得啦！”高尔芒小姐嚷着说。“——但是，希望我能够结婚。”她心里想。

听了这句好像要杀死她的话语之后，约瑟特呆呆的愣住了一会儿，然后她就用女主人所给她做的姿势滚下石阶。

“小姐身里着了魔了，约克冷!”这是约瑟特的第一句话。

所以，这一天的一切都是和协来产生这可以决定高尔芒小姐的命运的一幕大戏的。全城都已经被高尔芒小姐的突然回来所携带的五桩事给哄动了，这五桩事就是：暴雨，浑身流汗、腰部深凹的柏泥落坡的驰奔和喘息，清晨的时分，紊乱的包裹，惊惶失措的老小姐的怪神气。但是，当小玛利攻入市场要抢走一切的时候，当约克冷到距离教堂只有两步之遥的西埃斯门街的阿郎桑第一家绣彩铺去找床的时候，大家就生起了许多最严重的揣测。人家就在公共运动场上、散步场上谈论这奇怪的事情；这事情使一切的人关心，甚至于阿尔孟德小姐，发罗瓦骑士正在阿尔孟德小姐家里。两天之后，阿郎桑全城就被这些重要的事故激动了，几个善良的妇人们甚至于说:“这，这简直是世界的末日了!”各家庭都用下面这一句话来概括这最后的消息：“高尔芒家里到底出了什么事啊?”当施本德教士走出圣黎昂拿德教堂想要跟古杜里埃教士到公共运动场去散步的时候，人家就追问他，而他也就庄严的回答说，他是等待被迫移居时给俄罗斯当差而要回到阿郎桑来居住的绅士特瓦维尔子爵。自两点到五点钟之间，一种嘴唇的电报就在城里活动着，告诉一切的居民说高尔芒小姐终于找到了门户相当的丈夫，嫁给特瓦维尔子爵了。这边一个人说：“莫鲁已经制好鸳鸯床了。”那边一个人说：“这床有六只脚。”在柏尔盖伊街葛兰桑夫人家里，这张床却只有四只脚。这只是郎塞勒家里简简单单的休息床，布斯基埃就在郎塞勒家里吃饭。小资产阶级认为这床值得一千一百佛郎。一般的人都说这是售卖熊皮。远一些地方，鲤鱼也就涨了价!小玛利跑到市场去做一个吃通庄。在圣布勒斯街的高处，人家说是柏泥落坡倒毙了。这消息却是税务总局局长家里所怀疑的。然而，在区行政长官衙门里，人家就认为这牲畜的确在高尔芒公馆门前转弯时死去，因为老小姐逼着它驰奔。住在西埃斯街角的制鞍匠居然有相当的勇气来问问高尔芒小姐的车发生了什么事情，希望能够打听出到底柏泥落坡是不是死了。自圣布勒斯街的高处一直到柏尔盖伊街的尽头，人家都听说幸亏约克冷的护卫这匹做了女主人的放肆的牺牲品的柏泥落坡还活着，不过好像是生了病似的。在布列颠大路的沿途上，人家都认为特瓦维尔子爵是一位一文莫名的志愿兵，因为柏尔赤的产业是属于有两个孩子的法兰西世卿特瓦维尔侯爵的。这结缡是这位可怜的被逐的贵族的大幸运，子爵是高尔芒小姐的事业；布列颠大路上的贵族赞同这婚姻，老小姐不能找到更好的应用财富的方法。但是在中产阶级方面，特瓦维尔子爵则是攻打法兰西的俄罗斯的将军，在圣彼得堡赚到大财产之后才回来的；他是一个外国人，自由党所怀恨的联军。施本德教士曾经阴险的计划过这婚姻。一切有自由走进高尔芒家的权利的人都想晚上来看她。在这几乎忘记了苏三的全城的激动的时候，高尔芒小姐并不是不受激动的；她有一些新奇的感觉。瞧了瞧她的客厅，她的化妆室、她的办公室、她的饭厅，她就产生了一种残酷的恐怖。一种魔鬼的冷笑给她指着那些过时的奢侈；童年以来所崇拜的美丽的事物都引起她的怀疑，被她咒骂为陈旧。总之，她有一种类似一切作家所有的恐惧；当著作家念读自己所觉得完善的著作时，往往只怕有什么可以引起善意或恶意的批评，只怕新的情景会变成老旧的，只怕结构最巧妙的语句会变成暧昧而拮据的，只怕影像是矫饰的或互相矛盾的，只怕眼睛看见到错误。同样的，可怜的女郎只怕看见特瓦维尔先生的嘴唇发出一个轻蔑这主教的客厅的微笑；她害怕看见他给这老旧的饭厅投去一道冷淡的眼色；最后，她还怕这镜框弄旧了图画。这些古董是不是会在她的身上投射老腐的回光呢？这个问题使她战栗。正在这时候，她甚至于愿意用四分之一的积蓄来使她的家庭立刻由仙杖给恢复一个在作战之前不曾发抖的将军要如何的自负啊！可怜的女郎觉得自己是在奥斯特里兹战役和滑铁卢战役之间。

“特瓦维尔子爵夫人，”她对自己说，“多美的名字啊！我们的财产至少可以走进一个良好的家庭里去。”

她受到一个激动的袭击，这激动可以使她那最为散乱的神经系统和她那久埋在肥满的肌肉之内的小乳头发颤。她的整个的血液就在希望的鞭笞之下活动着。她觉得如果必要的话，她有和特瓦维尔先生共同保养的力量。我们用不着说到约瑟特、约克冷、小玛利、莫鲁和他的伙计的忙碌。这就像是蚁群忙于搬运卵子一般。一切经过日常的爱护而变成这样洁净的东西都重新再加以熨烫、洗刷、拭擦。明亮的瓷器放出光辉。标有甲、乙、丙、丁的记号的花布的食巾本来是用三重包袱包好，加上好几道别针，放在深底的，现在就都拿了出来。最贵重的书架都加以详细的查考。最后，小姐还牺牲了三瓶著名的安夫克斯夫人所制的甜酒，海外的最闻名的酿酒家，嗜酒的人所喜爱的名字。谢谢她的下级军官的忠诚，小姐居然能够站起来斗争。各种各样的武器、家具、厨房的大炮、礼仪的炮火、军粮、弹药、预备兵等等，都是便着上战场的。约克冷、小玛利和约瑟特接得命令，穿上伟大的服装。花园里的野草也加以刈除。老小姐很抱歉不能够和栖在树上的黄莺商议，请他们滚了下来。最后，四点钟左右，正当施本德教士回家的时候，正当小姐相信已经排设好最精致的食具、预备好最珍贵的宴席的时候，邮车的响声就在发尔—诺贝尔街中震荡了。

“是他来了！”她对自己说，把鞭笞的打声接收在心中。

果然，在许多喧哗的传布之下，一辆坐着一位贵客的两轮轻邮车就顺着圣布勒斯街下来，转入公共运动场街，给人众激起了极大的感动。许多小顽童和大人们甚至于都跟在后面，围绕在高尔芒公馆的门前，来看这位贵客下车进门。约克冷也在闻嗅自己的婚姻，他听见邮车在圣布勒斯街的响声，就开了有两扇自闭门的大门。驭夫是他所认识的，这驭夫就大显身手的拐了弯，把车停在石阶的前面。然后，这驭夫就被约克冷灌得半醉的走了。教士走到客人的面前，客人的车就用忙迫的偷窃所能有的轻捷给弄走了。人家把车安放起来，把大门关上了，而在几分钟之内特瓦维尔先生的到来也就已经没有任何的痕迹了。任何两种化学的元素也没有高尔芒家吸收特瓦维尔子爵那样的快速。小姐的心就好像被牧人所擒获的蜥蜴一样的跳动，她很英勇的留在火炉角上她的靠椅里。约瑟特关了门，走在施本德教士前头的特瓦维尔子爵就出现在老小姐的眼睛里。

“外甥女，这是特瓦维尔子爵先生，我的一位同学的孙少爷——特瓦维尔先生，这是我的外甥女高尔芒小姐。”

“啊！真是好舅舅，他多会发问题啊!”露丝—玛利—维克多尔心里想。

为着用一句话来描绘子爵起见，我们可以说特瓦维尔子爵先生就是“绅士的布斯基埃”。在他们之间有分别俗人和贵人的一切的差异。如果他们两个人都在那里的话，最疯狂的自由党也不会否认贵族。子爵的力量有风流潇洒的一切的特性；他的外形保留有一种伟大的庄严；他有蓝色的眼睛和黑色的头发、橄榄色的面容，他不至于过了四十六岁。您也许会说他是一位因为保存在俄罗斯的冰雪中而变成冷淡的美丽的西班牙男子。他的态度、他的举止、他的姿势都说明他是一个看过全欧洲的外交家。他所穿的衣服正是一位旅行家所应当穿的。特瓦维尔先生似乎疲倦了，教士就请他到那间给他留下的房子里来，然而他的外甥女却开了由化妆室改为卧室的房门，这使教士大吃一惊。高尔芒小姐和她的舅舅就让他们的贵客在约克冷的协助之下专心处理他的琐事，约克冷给客人搬来他所需要的一切的行李。施本德教士和他的外甥女就到光河岸上去散步，等着特瓦维尔先生换完他的装束。虽然偶尔间施本德教士比平常更不留心，高尔芒小姐却比他专心。他们两个人都寂寞的走着。老小姐从来没遇过比这位庄严的子爵更为迷人的男子。她不能够像德意志女郎一样的对自己说：“这是我的理想的情人!”但是她却觉得从头到脚都有一种感觉，而对自己说：“这是我的事情!”她忽然跑到小玛利那里去，想要知道到底宴席是不是可以略为延迟而不至于让客人怀疑她的善意。

“舅舅，这位特瓦维尔先生很可爱。”她一边说，一边回来。

“可是，女孩子，他还没有说什么话哩。”教士笑着说。

“可是，这可以从他的举止、他的姿态里看得出来呀。他是不是单身汉呢?”

“我一点儿也不知道。”教士回答说，他正在想着他和古杜里埃教士之间所激起的关于恩赦问题的争论。“特瓦维尔先生给我写信说他要在这里弄到一所房子。——如果他有家眷的话，他不至于一个人来。”他不加细思的接着说；因为他没有想到他的外甥女会想到结婚的问题。

“他有钱吗?”

“他是幼房的一位小弟弟，”舅舅回答说，“他的祖父曾指挥过舰队；但是这年青人的父亲却娶了一位没有钱的太太。”

“这年青人!”老小姐重复说。“但是，我觉得他有四十五岁的模样。”她说。因为她有强烈的希望，要把他们的年龄排在同一的水平上。

“是的，”教士说，“但是在一位七十岁的可怜的牧师看来，露丝，四十多岁的人就是年青人。”

这时候，全阿郎桑城都知道特瓦维尔子爵先生来到高尔芒小姐家里。客人不久就来会合他的主人们，请求让他来欣赏光河的景致、花园和房屋。

“教士先生，”他说，“我的整个的野心就是要找到一所跟这个相类似的房子。”

老小姐认为这句话是一段爱情的宣言，她低下了她的眼睛。

“您在这里一定很快乐，不是吗，小姐？”子爵接着说。

“我在这里怎么会不快乐呢？这房子自从一五七四年起就是属于我们这一家的，那时候我们的一位祖先，阿郎桑公爵的总管得到这块地，就盖了这房子，”高尔芒小姐说，“它是盖在一排木桩上面的。”

约克冷宣告吃饭的时刻，特瓦维尔先生给快乐的女郎伸过手臂，女郎想方法不要太靠在他的身上，她还害怕太有急进的模样！

“这里的一切都是很调和的。”子爵一边坐上桌，一边说。

“我们的树林有很多的鸟，他们给我们演奏不花钱的音乐；谁也不打扰他们，黄莺每夜的唱歌。”高尔芒小姐说。

“我是说房子的内部。”子爵说，他没有用心来研究高尔芒小姐，一点儿也不知道她的精神的空虚。“——是的，这里的一切都是相符合的，一切的颜色、家具和姿势。”

“不过，这可花了我们不少的钱，这里的课税是很重的。”超卓的女郎回答说，她颇为相符合那句话所打击。

“啊！这里的课税重吗？”子爵问，他专心想象自己的思念，一点儿也没有注意到这不连贯的语词。

“我不知道，”教士说，“我的外甥女负责管理我们两个人的财产。”

“课税在富人看来简直不算一回事。”高尔芒小姐不愿意让人家以为她是吝啬的，就这样的接着说，“至于家具呢，我要让它们放在本来的位置上，一点儿也不改换它们：至少，如果我不结婚的话；因为结了婚的话，这里的一切就得适合家主的趣味了。”

“您是遵守最高的原则的，小姐，”子爵微笑的说，“您一定会有一位幸福的……”

“我从来没有听见人家这样的称赞过我。”老小姐心里想。

子爵称颂高尔芒小姐的食巾、家里的服装，他承认他以为外省是落后的，然而他却发现外省是很卫生化的。

“好家伙，这句话是什么意思呢？”她想。“到哪里去找发罗瓦骑士来回答呢？卫生化！这里头是不是好几个字呢？好吧，胆子大一点，”她对自己说，“这也许是一句俄国话，我没有责任来回答。——但是，”她大声的接着说，觉得她的话匣子被一切人类在大场面里所有的流利的舌头给打开了，“先生，我们在这里有一个最为光耀的社会。全城刚刚好是在我家里聚会。您等一会儿就可以判断我的话，因为我们的忠实的会徒之中总有一两个人知道我回来而要来看我的。我们有发罗瓦骑士，前一朝代的贵裔，非常的聪明，非常懂趣味；我们还有德斯格里昂侯爵和阿尔孟德小姐，他的妹妹（她咬着自己的舌头，改变了意见）：一个气质很出众的小姐，”她加上一句话说，“她要终身不嫁，把整个的财产留给她的哥哥和她的侄儿。”

“啊！”子爵喊道，“是的，德斯格里昂一家，我记得他们。”

“阿郎桑太快活了，”一不做二不休的老小姐接着说，“人家在这里常常娱乐，税务总局局长开跳舞会，区行政长官是个可爱的人，主教大人有的时候也给我们面子，来看我们……”

“好啦，好啦，”子爵微笑的接着说，“所以，我决定回来算是决定对了，就像野兔一样，我们要死在穴窟里。”

“我也是一样的，”老小姐说，“我也和野兔一样，我要死在我所归附的地方。”

子爵认为这样用法的格言是一句笑话，也就微笑了。

“啊！”老小姐对自己说，“一切都很顺，他了解我，这个人！”

大家谈论普通的问题。高尔芒小姐找到一种莫名其妙的神秘的力量，她极力想要变成可爱的，居然能够在她的脑袋里找到发罗瓦骑士所说的一切的曲折的语句。这就好像是魔鬼自身在决斗里拨准手枪的子弹一般。任何的对手都没有这样准确的卧倒瞄准过。子爵先生是上流社会的男子，他不能够说到宴席的珍贵；可是他的缄默就是一种颂赞。喝了约克冷所给他尽量斟倒的美酒，他好像是认识了朋友，非常快乐的重新找到这些朋友似的，因为真正的嗜酒家并不叫好，只是享用。他很好奇的询问地价、房价、基地的价格。他就让高尔芒小姐慢慢的给他描写光河和沙尔特河合流的地点。他很奇怪这座城市距离这道河水；这地方的地势很使他感觉兴趣。缄默的教士让他的外甥女开话匣子。真的，小姐相信已经占住了特瓦维尔先生，因为他很温存的给她微笑，只在这一席间，他所给她的了解是比她的忙迫的求婚者在两星期中所给她的还要多得多。所以，请您计算一下，任何的客人都没有这样的留心，都没有这样的注意。您也许要说这是回到他所造福的家庭中的亲爱的情人。小姐预先看到子爵需要面包的时刻，她用视线去盖蔽他；当他转过头的时候，她就巧妙给他端过似乎是他所喜爱的佳肴；如果他是好吃的人的话，说不定她要让他吃坏了；但是她所用以讲爱情的模范是哪一种的精致的模范啊！她不做傻事让人家来轻视她，她英勇的张上一切的外面的帐幕，她插立一切的旌旗，好像阿郎桑王后一般的立定姿势，吹嘘她的果子酱的甘美。她在设法钓取对方的称颂，老是谈到她自己，好像她的一切喇叭都是死了似的。她自觉已经得到子爵的欢心，因为她的欲望已经这样的改变了她，她甚至于变成了整个的“女人”。吃饭后点心的时候，她并不是没有内心的喜悦而听见她的会社的熟客在等待室里走来走去，在客厅里所弄出的宣告他们来临的声响。她叫舅舅和特瓦维尔先生注意到这些客人的殷勤，好像是人家对她的逢迎的证据似的，然而这却是全城的人所有的强烈的好奇的结果。高尔芒小姐忍不住要显示她的光荣，她就对约克冷说叫人家在客厅里喝咖啡、喝甜酒。仆人就到客厅去，在这会社的精华的份子之前，陈设丰盛的萨克逊的酒会，这是每年只从酒柜里拿出来两次的展览会。这些事情都是这会社的人所细心观察的，他们正在轻声的评论。

“嘿！”布斯基埃说，“只就这安夫克斯夫人的甜酒而言，这是四次大瞻礼时才拿出来喝的！”

“这一定是一年以来已经用通信的方法订好的婚姻，”郎塞勒院长说，“一年以来，这里的邮政局长会收到许多盖有奥德沙邮戳的信件。”

葛兰桑夫人发抖了。发罗瓦骑士虽然吃得很多，他的脸孔一直发白到左边。他觉得他需要泄漏他的秘密，就说：“您不觉得今天冷吗？我都冻坏了。”

“这地方是毗邻俄罗斯的。”布斯基埃说。

骑士用某种神气瞧了他一眼，好像是说：“要得好把戏。”

高尔芒小姐显得这样的神采奕奕、这样的光耀，人家甚至于觉得她是美丽动人的。这特殊的状态并不完全是因为情绪的兴奋；自从早晨以来，她的整个的血液都在她身里流转，她的神经也被一种大变动的预觉激奋着：得有这一切的情景才能够让她变成这样的不大像她自己。她是如何幸福的把子爵介绍给骑士，把骑士介绍给子爵，把特瓦维尔先生介绍给全阿郎桑城的人，把全阿郎桑城的人介绍给特瓦维尔先生啊！由于一个可以解释的机遇，两位贵族血统的子爵和骑士立刻就结交了上来；他们的贵质互相的认识，而他们也互相把对方都看做同一范围的人物。他们站在壁炉前面，开始攀谈起来了。客人们在他们前面绕成一团，虽然他们的谈话是低音的，他们却用宗教的寂静来倾听。为着了解这幕景的效果起见，我们得注明高尔芒小姐正好背朝着壁炉，给她的虚幻的未婚夫烹调咖啡。

发罗瓦先生：

“人家说子爵先生是到这里来居住的，是吗？”

特瓦维尔先生：

“是的，先生，我到这里来找一所房子……”（高尔芒小姐又转过身来，手里拿着杯子。）“这房子必须是宽大的，因为，……”（高尔芒小姐递过杯子）“我要安置我的家庭。”（老小姐的眼睛动乱了。）

发罗瓦先生：

“您结了婚吗？”

特瓦维尔先生：

“结了十六年了，我的妻子是史尔贝洛夫公主的女儿。”

高尔芒小姐受到电击一般的晕倒了……布斯基埃看见她蹒跚将堕，就奋身跑过去，把她接在手臂里，人家就打开了门，使他能够没有障碍的完成这个重责。奋激的共和党人在约瑟特的劝告之下，就找到力量把老小姐扶到她的卧室里来，把她安卧在床上。约瑟特拿起剪刀剪断了她的胸衣。布斯基埃粗野的在高尔芒小姐脸上和胸脯上倒了几点水，就好像是罗瓦尔河的泛溢似的。病人睁开眼睛，看见布斯基埃，贞操的观念使她认得这位男人时大声的喊叫。布斯基埃退了出去，让六位女流进来，其中为首的一个就是满面喜气洋洋的葛兰桑夫人。发罗瓦骑士做些什么呢？他总是忠实于他自己的制度，他掩护退却。

“这可怜的高尔芒小姐，”他瞧着会众对特瓦维尔先生说，特瓦维尔先生的笑声被这两道贵族的眼色抑住了，“血压使她苦痛：她不愿意在没有到皮勒保德（她的地产）去之前抽一点儿血，结果是春天的血液的运动害了她。”

“今天早上她是冒雨回来的，”施本德教士说，“她着了凉，让她受了这个小变化的罪。但是，这不算什么。”

“前天她告诉我三个月以来她并没有这毛病，还说这说不定要让她生个大病。”骑士接着说。

“啊，你结了婚了！”约克冷瞧着特瓦维尔先生说，这后者正在一小口一小口的喝咖啡。

忠实的仆人分担了女主人的失望，他猜到她的意思，又把安夫克斯夫人的甜酒送回去，因为这酒是拿来请单身汉喝的，不是请一位俄罗斯女郎的丈夫喝的。这些琐事都是人家所注意的，都让人家发笑。施本德教士知道特瓦维尔先生的旅行目的；但是，因为他生性疏忽，他并没有说起，他没有想到他的外甥女会对特瓦维尔先生发生任何的兴趣。至于子爵呢，他忙于关心他的旅行目的，正如许多丈夫一样，他不大急切谈论他的妻子，他没有机会说自己已经结了婚；并且，他也以为高尔芒小姐知道他的情形。布斯基埃又出现了，人家都格外热心来问他许多问题。六位女流之中的一位下了楼，报告高尔芒小姐已经好了些，又说她的医生已经来了；但是她得留在床上，给她抽血似乎是很急切的。一会儿的工夫，客厅里堆满了人。高尔芒小姐的离场使女人们能够谈论这一幕刚刚演出的滑稽的喜剧，再加以铺张、加以注解、加以美化、加以小说化、加以发挥、加以装饰、加以着彩、加以涂墨，这喜剧第二天一定要变为高尔芒小姐的阿郎桑城所关心的。

“这位好布斯基埃先生，他就这样的扶您！多大的力气啊！”约瑟特对她的女主人说，“真的，他因为您生气脸色都发白了，他总是爱您的。”

这句话就结束了这庄严而可怕的日子。

第二天整个早晨，这幕喜剧的最微末的枝节都在阿郎桑的一切家庭里传诵着。我们说一句侮辱这城市的话，这些枝节居然在这里产生了一个普遍的笑谑。第二天，因为抽血的结果，高尔芒小姐的病势大为减轻。当那些亲眼看见她伸过手臂带这位无意的骗子去吃早饭的大胆的笑谑家看出这个使她有生气的高贵的庄严、基督徒的伟大的谦逊的时候，他们一定会觉得她的超卓。你们这些嘲笑她的残酷的丑角，你们怎么会没有看见她对子爵说：

“特瓦维尔夫人很不容易在这里找到一个合式的住处；请您给我一个面子，先生，让我在你们寻找一所房子的时候请你们住在我的家里。”

“但是，小姐，我有两位小女和两位小儿，我们太麻烦您了。”

“请您不要拒绝我。”她一边说，一边给他投去一道忏悔的眼色。

“在我所给您的匆促的回信里，我已经给您提到这个了，”教士说，“可是您没有收到这封信。”

“怎么！舅舅，您知道？……”

可怜的女郎不再说下去了。约瑟特叹了一口气。特瓦维尔子爵和教士都没有看见到。吃完早饭之后，施本德教士带着子爵来（正如他们已经于前夜同意过的），给他指示阿郎桑城中他所能够买到的房子或是可以建筑房屋的地基。

高尔芒小姐一个人单独的留在客厅里，她用悲哀的口气对约瑟特说：

“孩子，这时候我已经成为全城的童话了。”

“好，小姐，您就结婚吧！”

“但是，我的女孩子，我还没有准备好选择对象哩。”

“嘿！如果我是您的话，我就嫁给布斯基埃先生。”

“约瑟特，发罗瓦先生说他是共和党！”

“这几位先生们，他们不知道自己所说的话，他们说他出卖了共和国，那么，他就不喜欢共和了。”约瑟特边说边走开。

“这孩子太聪明了。”高尔芒小姐心里想，她一个人留下，让不知所措的困难来袭击她。

她逆料立刻的结婚是使全城缄默的唯一的方法。这最后一次的失败是非常可耻的，但是本质上却使她下了一个决心，因为缺乏聪明的人很不容易从自己所进入的路途中再走出来，不论是好路或是坏路。两位老单身汉之中的每一位都懂得这老小姐的情况：所以他们两个人都叫自己一清早就来打听她的消息，而以单身汉的作风，继续他们的追求。发罗瓦先生认为这环境需要上套细致的服装，他洗了澡，格外的擦油。平生第一次也是最后的一次，塞萨林看见他非常巧妙的涂上一些儿胭脂。粗鲁的共和党人，这位布斯基埃，他在强烈意志的冲动之下，一点儿也没有注意到自己的打扮，就一个人先跑到老小姐家里去。这些小事情可以决定人们的命运，正如他们之决定帝国的命运一样。客礼曼在马兰谷的袭击，布律哈之到来滑铁卢，路易十四之轻蔑欧贞王子、德囊的教士，这一切的幸运和惨剧的原因都是历史所记载的；但是谁也没有注意这些事，来留心生活中的琐事。所以，请您看看事情是如何的发生！兰齐公爵夫人[①]只因为没有十分钟的忍耐而进了女修院；波比诺审判官延搁到第二天才去询问埃斯巴尔侯爵；[②] 葛兰德·查礼从保尔都回来，而不从南特回来；然而人家就管这些事情叫做偶然、叫做运气！涂上一些胭脂，这桩小事却消灭了发罗瓦骑士的希望；这位绅士只能够因为这一类的事情而失败：他是依靠“文雅”而生活的，他也得死于“文雅”的手中。正当骑士给自己的服装投去最后一道眼色时，粗胖的布斯基埃却走进了失

① 原注参阅《十三个人的故事》。

② 原注参阅《禁止》。

望的女郎的客厅里。这进来给她带来有利于共和党人的思想，虽然不久之前骑士刚和她举行过一次非常有利于他自己的谈论。

“上帝的旨意!”老小姐看见布斯基埃，就对自己说。

“小姐，您不会觉得我的忙碌是不好的；我不愿意信托这个大傻瓜雷纳来打听您的消息，我自己亲身来。”

“我非常好。”她感动的回答，“谢谢您，布斯基埃先生，”她歇了一会儿，用一种非常尖锐的声音说，“谢谢您昨天为我所受的罪……”

她回想到曾经让布斯基埃抱在手臂里，这偶然的事发使她特别觉得是上天的命令。昨天她的腰带破了，她的衣带断了，她的宝藏整个的离开了她的宝石箱，在这种情形之下而被男人看见，这倒是平生第一遭。

“我是这样用心的扶着您，我觉得您不重。”

这里，高尔芒小姐就瞧了瞧布斯基埃，好像她还没有瞧过世界上的任何的男子似的。军粮商人壮大了胆，他对老小姐投去一道刺入心坎的目光。

“我很抱歉，”他加上一句说，“我没有给我权利来永远的保守您。（她快乐的听着。）——晕倒在那里，躺在这张床上，只有我们两个人，您真是太迷人了；我活到现在还没有看见过比您更美丽的女郎，而且我看见过很多的女人！……胖的女人有这么一个好处，她们特别的好看；她们只要显露显露，就会胜利的!”

“您给我开玩笑，”老小姐说，“这不好，尤其当全城的人还要批评昨天的事情的时候。”

“我用我的姓名来发誓，小姐，我从来没有改变过我对您的情感，您的第一次的拒绝并没有使我灰心。”

老小姐低下了眼睛。在他们之间有一会儿的寂寞，这寂寞在布斯基埃方面看来是很残酷的。但是高尔芒小姐下了决心了，她仰起她的眉毛，泪珠在她的眼中流转，她温柔的瞧了瞧布斯基埃。

“要是真的话，先生，”她的声音战栗的说，“请您允许我活在基督徒的生活中，永远不违反我的宗教的习惯，让我自由选择我的导师，我也就答应您的求婚，给您我的手。”她说着，给他伸过她的手。

布斯基埃握住这个满充着厄古的肥胖的大手，神圣的吻着。

“但是，”高尔芒小姐一边说，一边让他吻她的手，“我还要问您一桩事。”

“这已经答应了，如果这是不可能的话，这也会成为事实。”

“啊！”老小姐接着说，“为着我的爱情起见，我得叫您犯一个罪恶，我知道这罪恶是很大的，因为撒谎是七大罪之中的一罪；但是您要忏悔，不是吗？我们两个人都要悔改……（他们互相温存的对视）——并且，也许只是教会所谓的应酬的撒谎……”

“她也要和苏三一样吗？”布斯基埃对自己说。“多幸运啊！——那么，小姐的意思？”他高声的说。

“您得，”她接着说，“能够负责……”

“负责什么呀？”

“负责说我们这婚姻已经订好六个月了……”

“您真是动人的女人，”军粮商人用忠实于爱情的男子的口吻说，“人家只能够为已经爱慕十年的女人而做下这些牺牲。”

“甚至于不顾我的严厉吗？”她说。

“是的，甚至于不顾您的严厉。”

“布斯基埃先生，我以前判断您判断错了。”

她又给他伸过她的大红手，布斯基埃又吻了她。

正在这时刻，门开了，两个未婚夫妇瞧着进来的人，他们看见非常文雅然而却姗姗来迟的发罗瓦骑士。

“啊！”他一边进来，一边说，“您就站在这里，您这美丽的王后。”

她对骑士微笑，而心里觉得有一种压迫。发罗瓦先生显得特别年轻迷人，他有骆松走进王宫的公主家里的神气。

“呃！亲爱的布斯基埃，”他嘲笑的说，因为他相信他会成功的，“特瓦维尔先生和施本德教士就好像是测量家一般的考察您的房子。”

“真的，”布斯基埃说，“如果特瓦维尔子爵要的话，只要他花上四万佛郎我就可以让给他。这房子已经对我没有什么用处了！——如果小姐允许我的话？……这得让人家知道，……小姐，我可以说说？……是的吗？——好吧，让您第一个人知道吧，我亲爱的骑士，让我告诉您……（高尔芒小姐低下她的眼睛）小姐所给我的光荣，所给我的恩惠，”当年的军粮商人说，“我已经保守这秘密保守了六个月了。我们几天之内就要结婚，婚约已经起草好了，我们明天就可以签字。您知道我的天鹅街的房子就要变成无用的了。我正在寻找买房子的人，施本德教士知道这个，他自然就带特瓦维尔先生到我家里去。”

这个大撒谎很像是真实的，骑士也就信以为真了。我亲爱的骑士就像彼得大帝在普尔塔瓦向查礼十二报复他的以往的一切的失败似的。布斯基埃就在这里巧妙的报复了他暗中所受到的成千的刺痛的冷箭；但是在他胜利的当儿，他就做了年青人的姿势伸手去抓他的假发……把它掀了起来。

“我庆贺你们两个人，”骑士温和的说，“我祝你们能够得到神仙故事中所说的结果：他们很幸福，而且生了很——多的孩子！”

然后，他就装了一撮鼻烟。

“但是，先生，您忘记了……您有一只假发。”他用冷讥的声调加上一句说。

布斯基埃脸部发红了，他的假发在他的头盖上掀起十寸高。高

布斯基埃伸手去抓他的假发，把它掀了起来。

尔芒小姐仰起眼睛，看见布斯基埃头盖上的光秃，而在廉耻的感觉之下低下了眼睛。布斯基埃给骑士射去最凶猛的目光，和虾蟆注视掠获物一般。

“这轻蔑我的贵族流氓，总有一天我会打倒您的！”他心里想。

发罗瓦骑士相信已经获到自己所有的一切的有利成分。但是高尔芒小姐却不懂得骑士放在祝辞和假发之间的关联；并且，就是懂得这关联，她也已经答应嫁给人家了。发罗瓦骑士知道一切都完了。事实上，看见这两位一声不响的男子，这位天真的老小姐很想占有他们两个人。

“你们两个都请打一打毕克牌吧。”她说着，并没有怀恶意。

布斯基埃微微的一笑，就以家主的派头走去搬来毕克牌的桌子。发罗瓦骑士也许是昏了脑袋，也许是要留在那里去研究惨败的原因、补救的办法，他就让人家来排布，好像让人家带到屠场去的绵羊一样。他受到一位男子所能受到的不测之祸，这祸害至少会使一位绅士变成轻率的人。一会儿，庄严的施本德教士和特瓦维尔子爵回来了。高尔芒小姐立刻站了起来，跑到等待室里，拉她的舅舅到一边，朝着他的耳朵告诉他她的决定。她知道天鹅街的房子很适合于特瓦维尔先生，就请求她的未婚夫给她帮忙说是她的舅舅知道这房子预备出售。她不敢告诉舅舅这个撒谎，怕被他不小心的漏泄。撒谎，比有德性的行为还有力量。那天晚上，全阿郎桑城都知道了这个大消息。四天以来，全城都好像是一八一四年至一八一五年之间的不祥的日子一样的哄动。有的人哈哈大笑，有的人同意这婚姻；这里几个人咒骂这结缡，那里几个人赞成这配偶。阿郎桑的中产阶级颇为快乐，他们认为这是一个征服。第二天在朋友们家里，发罗瓦骑士说了这句残暴的话：

“高尔芒一家结果恢复了原来的家道了，从管家到军粮商人，这其中只能有联婚。”

高尔芒小姐挑选佳婿的消息打击了可怜的阿丹那斯的心坎，但是他却一点儿也不显露正在消磨他的凶恶的激动。当他听到这婚姻的时候，他正在郎塞勒院长家里，他的母亲就在这里打波斯顿牌。葛兰桑夫人从镜子里看了看她的儿子，她发现他脸部发白；然而清早以来，他就是这个样子的，因为他已经恍惚听到这婚姻的消息。高尔芒小姐是阿丹那斯用生命来打赌的一张牌，惨剧的冰冷的预觉已经包围了他。当灵魂和幻想使不幸增大，使肩膀和额头都负上重担，当久所思慕的足以平和吞噬心灵的强烈的贪欲的希望消失的时候，虽然一个人有力量，他却不相信自己，虽然有神圣的权力，他却不相信将来，这时候他也就要自毁了。阿丹那斯是帝国教育的果实。定命论是皇帝的宗教，这教条一直从宝座上传到军队里的最后的行伍，甚至于传到学校的座位上。阿丹那斯眼睛呆呆的盯住郎塞勒夫人的牌上，这很容易让人看为是不在乎的态度，葛兰桑夫人也看错了她的儿子的情绪。

阿丹那斯的表面上的无忧无虑的态度可以解释他为什么拒绝为这婚姻而牺牲他的自由的意见。这是孔斯坦·边查民刚为阿历山大皇帝所创造而用来批评斯达埃尔夫人的一句话，我相信。自从这不幸的夜晚起，倒霉的年青人就到沙尔特河岸风景最佳的地方去散步，许多注意阿郎桑的画家都到这里来描绘景致。这里有许多的磨坊。河水使草地青绿。沙尔特河岸饰有许多漂亮的树木，都是样子很好、长得很好的。如果这野景是平坦的话，他却并不缺乏法兰西所特有的端正的温雅。在法兰西，人们的眼睛从来不会因为东方的阳光而疲惫，也不会因为过分的浓雾而受伤。这地方是孤寂的。在外省，没有人注意到美丽的景色，也许因为每一个人都是衰朽的，也许因为灵魂中缺乏诗意。如果在外省存在有一个公共散步场、一块平地、一个有丰富的远景的散步场的话，这一定是谁也不去的一块地方。阿丹那斯喜欢这块因为河水而显得孤寂的地方，这里的草场都在春日的太阳的第一道微笑之下发绿芽。那些看见他坐在这里的一棵白杨树下的人们，那些受到他的深沉的眼色的垂青的人们有时候就对葛兰桑夫人说：

“令郎有些什么事情。”

“我知道他干什么！”母亲用满意的神气回答说，她让人家以为他是思索一篇伟大的作品。

阿丹那斯不再参加政治的活动，他不再发表什么意见；但是，好几次了，他都显得快乐的样子，不过只是讥讽的快乐，好像那些心里侮慢整个的社会的人一般。除了自己的一切思念以外，除了外省的一切欢娱以外，这位年青人就不对任何人发生兴趣，他甚至于没有引起人们的惊异。如果人家对他母亲谈到他的话，这只是因为她的缘故。没有任何的心灵同情阿丹那斯的灵魂。没有任何的女人、没有任何的朋友给他拭干他的眼泪，他把这些眼泪抛在沙尔特河中。如果伟大的苏三从那里经过的话，这会见会阻止多少的不幸啊！因为这两个造化一定会互相的爱恋。然而，她居然到这里来了。苏三的野心是一七九九年左右在莫尔旅馆里开始的相当奇怪的故事给她引起的，这故事蹂躏了她的儿童的脑袋。巴黎的一位天使一般美丽的女郎受警察的命令去爱恋布尔崩王朝派来指挥朱安党的领袖孟多兰侯爵；她刚刚好就在他出征莫尔泰额回来莫尔旅馆里遇到他：她引诱了他，使他沉溺于女色。[1] 这位迷人的女郎，这统治男人的美丽的力量，在维尔纳尔·玛利和孟多兰侯爵的事件中眩晕了苏三；自从理性发达的年华以来，她就有一种欲望，想要舞弄男人。逃走之后的几个月，她就不反对和一位艺术家走过她的故乡阿郎桑城，到布列颠去。她想参观结束孟多兰侯爵的冒险行为的地方福杰尔，在这里遍游这美人计的战

① 原注参阅《朱安党》。

场，虽然这一幕悲剧还不大让人知道其底蕴，她却自幼就憧憬他。然后，她就想在这样光焕的装饰里、在这样优美的变形下走过阿郎桑，甚至于没有人认得她。她打算一下子就把她的母亲救出不幸的景况，巧妙的给阿丹那斯赠送一笔款，这笔款在我们的时代看来，这样的送给天才就好像中世纪雷白迦为伊凡合埃所弄到的马匹和甲胄一样。

一个月过去了，关于高尔芒小姐的结婚发生有最奇异的变化。那里有一部分否认这婚姻的不相信的人，还有一部分赞成这婚姻的信徒。两星期之后，不相信的一派受到一个严厉的打击；布斯基埃的房子卖给特瓦维尔先生，卖了四万三千佛郎，子爵只想在阿郎桑有一所非常简朴的房子；因为后来等到史尔贝洛夫公主死了之后，他还要到巴黎去：他计划慢慢的等待这笔遗产，忙于恢复他的土地。这似乎是确证。然而不相信的人却不服气。他们说无论布斯基埃结婚不结婚，他都是做了一桩好事；他只用两万两千佛郎来收回他的房子。相信的一派就被这些不相信的一派的不容置答的判断打倒了。不相信的一派还在说高尔芒小姐的法律公证人楚瓦纳尔还没有听到人家说及关于草拟婚约的第一句话。第二十天，坚信不拔的相信的一派人却在不相信的一派所提的问题上得到了胜利。自由党的法律公证人勒皮礼苏瓦先生到高尔芒小姐家里来签订婚约。这是高尔芒小姐必须牺牲让给她的丈夫的第一个条件。布斯基埃深恨楚瓦纳尔；他认为他从阿尔孟德小姐处所受到的第一个拒绝就是楚瓦纳尔捣的鬼，高尔芒小姐当年的拒绝，据他说，就是抄袭阿尔孟德小姐的。总裁政府的老力士在他的高贵的女郎身边做得非常的漂亮（这女郎相信曾经错认了军粮商人），甚至于使老小姐觉得有忏悔错误的必要；她就为爱情而牺牲她的法律公证人。不过，她总还把这婚约交给楚瓦纳尔看，这后者总是一个普鲁达尔克一般忠厚的人，他用书面的反对来防卫高尔芒小姐的利益。这一桩事延搁了婚姻的举行。高尔芒小姐收到了许多匿名信。她大为惊愕的知道苏三是和她一般的处女，戴假发的诱惑者从来没有做过这一类的冒险行为。高尔芒小姐轻蔑这些信件；但是她却给苏三写信，目的在于要明白母亲会的信条。苏三无疑的听到布斯基埃将要结婚的消息，她承认自己的狡狯，而给母亲会送来一千佛郎，使军粮商人大为受累。高尔芒小姐召开母亲会特别会议，大家通过了一条议决案，决定不再救助将要发生的不幸，只要救助已经发生的惨剧。虽然有这些渗有糖果的吵闹来给全城嘲弄，教堂里和市政府里却贴上了布告。阿丹那斯得准备一些动作。为着公开的贞洁和一般的安全起见，未婚妻就到皮勒保德去，布斯基埃也在一大堆的花束的包围之下早晨到那里去，晚上回来吃饭。最后，在六月的一个阴雨的日子里，中午的时分，依据不相信的人所说的，高尔芒小姐和布斯基埃的婚礼就在全阿郎桑城的围视之下在阿郎桑教堂里举行了。夫妻俩坐着四轮轻车自家里到市政府去，又从市政府到教堂去。这在阿郎桑人看来，是一辆华丽的马车，是布斯基埃暗地里从巴黎弄来的。老皮蓬式小车的失踪在全城的眼睛看来简直是一个灾难。西埃斯门的制鞍匠高声的叫唤，因为他损失了修补这破车的五十佛郎。阿郎桑城恐怖的看着高尔芒家给城里介绍了奢侈的生活。每一个人都害怕粮食的昂贵、房租的高涨、巴黎式的家具的侵略。一些受好奇心的刺激的人居然还给约克冷送去几个钱，希望能够靠近一点来观看这杀害地区经济制度的四轮轻车。从诺曼地买来的两匹马也同样的使人害怕。

“如果我们自己这样的购买我们的马匹的话，”郎塞勒会社的人说，“我们绝不会再把他们卖给寻觅他们的人。”

虽然是愚笨的，这推理却好像是深刻的，因为这要防止地区去垄断外国的金钱。在外省人看来，国家的富源并不在乎金钱的周转，而是在于呆板的积蓄。最后，关于老小姐的凶恶的预兆也就完成了。柏泥落坡终于因为婚礼之前四十天所得的肋膜炎而死去了，任何的方法都不能够救活它，葛兰桑夫人、小玛利、古德莱夫人、郎塞勒夫人，全城的人都注意到高尔芒小姐是用左脚走进教堂的！这是非常可怕的征兆，因为左这个字眼已经在政治上有它的恶劣的意义。负责念读仪式的牧师凑巧翻开了从地狱的深处这一页。所以，这婚姻是伴有这样不幸的、这样多风波的、这样吓人的景象，谁也不敢来揣测他了。一切的事情都是越来越坏的。没有结婚的筵席，因为新婚夫妻动身到皮勒保德去。人家说，巴黎的风俗战胜了外省的习惯！晚上，阿郎桑城就给这些怪事加以注释；那些计算想要享受外省所有的、社会所认为应当有的葛玛慈的结婚盛宴的人都在家里放肆的批评。小玛利和约克冷的婚宴却很快乐的举行：他们是反抗这悲惨的预兆的唯一的人物。

布斯基埃要将卖房子所得到的金钱来重新翻盖，来摩登化高尔芒公馆。他决定在皮勒保德住上两季，同时请施本德舅舅也到那里去居住。这消息在城里传播了恐惧的情绪，在那里每一个人都预先觉得布斯基埃要把地区引到悲惨的享乐的道路上。当城里人一天早晨看见布斯基埃坐在一匹新马所挽的两轮轻车里，身边坐着雷纳一般的仆人，从皮勒保德回到发尔—诺贝尔来监工的时候，这恐惧就越加增大了。他的第一个动作就是把他妻子的一切积蓄都用公债的方式存放在国库大账上，那时候公债的价格是六十七佛郎五十参丁。一年之中，因为他的抬高市价，他可以弄到和他妻子的财产差不多同样数目的私人财产。但是，这些可怕的预兆、这些混乱的改革却被一桩和这婚姻有关的事故遮掩了，这事故似乎使他变得更为悲惨。就在庆祝新婚的那一天晚上，阿丹那斯和他的母亲吃饭之后都坐在所谓的火燎的小火前面，这火燎是女仆当他们吃饭后点心时给他们在客厅里生上的。

“那么，我们今天晚上就到郎塞勒院长家里去吧，因为我们已经没有高尔芒小姐了。”葛兰桑夫人说，“好家伙！我永远也叫不惯布斯基埃夫人，这称呼简直要裂破我的嘴唇。”

阿丹那斯用悲哀而缚束的神气看他的母亲，他再也不能够微笑了，他要敬重这个涂抹他的伤痕而不能治疗他的天真的思想。

“妈妈，”他用儿童的口吻说，这口吻太温和了，因为他已经好几年没有这样说话了：“亲爱的妈妈，我们还是不出去吧，在这火前多好啊！”

母亲听着他，然而她并没有懂得这个致命的苦痛的高卓的祈求。

“咱们留在家里吧，我的孩子。”她说，“我当然更喜欢跟你谈天，听你说你的计划，而不愿意去打波斯顿牌，让我输了钱。”

“你今天晚上很美丽，我喜欢瞧你。还有，我脑筋里有许多的思想，都是和我们的小客厅相调和的，我们在这里受了不少的苦痛。”

“我们还得在这里受苦，可怜的阿丹那斯，受苦到你的著作成功的时候为止。我，我是生来苦命的；但是你，我的宝贝，看着你的青春没有快乐的过去！看你一生只有工作！这思想是一个母亲的病痛：这思想使我夜里悲苦、日间愁痛，他使我睡不着觉。我的天哪！我的天哪！我到底触犯了您什么呢？您要责罚我什么罪呢？”

她离开了她的靠椅，搬来一张椅子，移近阿丹那斯，使她能够把头靠在儿子的胸脯上。在真正的母爱之中，总有一种爱情的恩典。阿丹那斯吻着母亲的眼睛、她的灰色发、她的额头，他有神圣的欲望来把他的灵魂附在他的嘴唇所接触的一切的地方。

“我永远也不会成功！”他说着，想法子来瞒骗他的母亲他脑筋里所辗转的悲惨的决定。

“不！你不是要自己泄气吗？你不是说过思想可以做出一切吗？用十瓶墨水、十令纸和坚强的意志，路得曾经推翻了欧洲。好吧！你可以显露头角，你可以用拿来做坏事的同样的工具来做好事。你不是说过这些话吗？我，我听你的，你瞧：我对于你的了解是在你所相信的程度之上，因为我还把你抱在我的怀中，你的最小的思想都像你以往的轻微的动作一样，在那里回响。”

“我不会在这里成功，你瞧：妈妈，我不愿意你看见我的破碎、我的挣扎、我的忧愁的景象。噢！我的母亲，让我离开阿郎桑吧，我要到离开你很远的地方去苦痛去。”

“我要永远留在你的身边，我，”母亲骄傲的接着说，“离开你的母亲而苦痛吗？必要的话，你的母亲可以当你的可怜的仆人，如果你要的话，她可以隐藏起来免得损害你，那时候她也一点儿不曾用骄傲来责备你，你要离开她而苦痛吗？不，绝不，阿丹那斯，我们永远也不要离别。”

阿丹那斯用濒死的人抱吻生命的热情抱吻他的母亲。

“我也这样希望，”他接着说，“不然的话，你就要丢了我了。……你我的苦痛，这双重的苦痛会杀死我。还是我活着的好，不是吗？”

葛兰桑夫人用凶猛的神色瞧着她的儿子。

“原来这是你的计划！人家已经告诉过我。你就这样的走吗？”

“是的。”

“你不会没有告诉我，没有预先通知我而去。你得有一些行装、一些钱。我有一些路易缝在我的短衬裙里，我得拿他们送给你。”

阿丹那斯哭了。

“我所要对你说的，就是这些话。”他接着说，“现在，我要带你到院长家里去。咱们走吧……”

母子两个人出去了。阿丹那斯在他的母亲走进过夜会的家庭的门限上离开了她。他痴视着门扉间所漏出的光线很久；他靠在门上，最为疯狂的听见他的母亲说："做一牌红心大独立！"[①]

"可怜的母亲，我骗了她了。"他一边说，一边走到了沙尔特河岸。

他走到四十天以来他都在下面默思的这一棵美丽的白杨树下。他曾经搬过两块大石头到这里来，让他坐。他端详着这时候在月光照耀之下的这个美景；他憧憬了几个钟头他的光荣的将来；他幻想在他的名字所激动的各城市中经过；他听到群众对他的欢呼；他闻着节庆的香味，他崇拜他的梦幻的生活，他荣耀的投身于光荣的胜利之中；他立在他的塑像之前，他唤起了一切的幻象，而在最后的仙宴之中对他们说声再见。这种巫术在一个时刻中是可能的；现在，这巫术是永远不会消灭的。在这最宝贵的时刻中，他就拥抱着这一棵美树，因为他已经变成这棵树的朋友了；然后，他就在他的礼服的每一个口袋里放进一块石头，再把口袋钮好。他故意没有戴帽子出来。他就走去认了久已选好的水深的地方；他就坚毅的滑进水中去，想方法不做下任何的声响，事实上，他所发出的声音确是很轻微的。九点半钟左右，当葛兰桑夫人回家的时候，她的女仆没有对她说到阿丹那斯，却给她递来一封信；葛兰桑夫人开了信，念着这几个字：

亲爱的母亲，我走了，别想我！

"他真干得好！"她嚷着对自己说，"他的衣服呢？他的钱呢？他会给我写信，我会找他去。这些孩子总以为比父母还要精细。"

---

① 波斯顿牌戏中有所谓"大独立"、"小独立"者，前者以获取八副牌为得胜，后者以获取六副牌为得胜。这里有双关语的作用，表示心里不受任何影响之意。

她就安静的睡下。

前一天早晨，渔夫们已经预先知道沙尔特河将要涨溢。这些涨溢会把鳗鱼从小溪里引出来。一个渔夫就在可怜的阿丹那斯以为谁也找不到他而投下水去的地方放下渔网。这位渔夫就捞起了年青人的尸体。可怜的寡妇所有的两三个朋友用了成千的谨慎来使这寡妇去接收这个遗骸。人家可以想得到这自杀的消息如何的震荡了阿郎桑。前一天，可怜的才子没有任何的保护人；死后的第二天，成千的人却都众口一声的叫着："我会好好的帮他的忙，我！"做一桩不花钱的慈善事业是最合算的！发罗瓦骑士解释这自杀。这位绅士就在报复的精神之下叙述阿丹那斯对于高尔芒小姐的天真的、诚恳的、美丽的爱情。听了骑士的话，葛兰桑夫人也明白了，她就回忆到成千的琐事，证明发罗瓦骑士所说的话的真确。这故事变成动人的，有的女人甚至于都哭了。葛兰桑夫人有一种不大被人了解的集中的、缄默的苦痛。丧子的母亲有两种苦痛。社会往往知道她们的损失的秘密；如果她们的儿子是被大家所赏识的、所崇拜的、年青的或是美丽的、有前途而有财富的希望，或是已经得到光荣的话，这儿子就会引起普遍的惋惜；社会也就参加了哀悼，而减低娱乐，使这丧事变成隆重的。但是还有一种母亲，只有她们知道她们的儿子的事情，只有她们接收过她们的儿子的微笑，只有她们观察过这早逝的生命的宝贵，这种母亲的苦痛可以遮蔽黑纱，而这黑纱的颜色可以使其他的黑纱变成苍白，可是这种苦痛并不表现自己。侥幸得很，很少的女人知道哪一条心弦是永远断绝的。当布斯基埃夫人回城之前，她的一位朋友郎塞勒院长夫人就已经给她的快乐的玫瑰花上投来这个尸体，告诉她她所拒绝的是哪一种的爱情，给她在蜜月中非常和缓的散上一千滴苦酒。当布斯基埃夫人回到阿郎桑的时候，她偶尔在发尔—诺贝尔街角上碰到了葛兰桑夫人……悲痛欲绝的母亲所发出的目光刺进了老小姐的心坎里。这是一下子包含有成千的咒骂的诅语，这是一下子包含有成千的火焰的光辉。布斯基埃夫人大为惊惧；这目光预言了、祝愿了她的不幸。惨剧发生的当天晚上，最为反对城里的教士而拥护圣黎昂拿德的住持的葛兰桑夫人一想到她的宗派所教导的天主教的教条的严格不禁发抖了。和救主的圣母一样，亲身把儿子包在殓尸布里之后，葛兰桑夫人就带着激动了的灵魂、可怕的忧愁到宣誓过的宪政派的教士家里去。她发现温和的牧师正在堆藏苎麻，是他拿给城里的妇女和一切贫苦的女孩去纺织的，免得女工们会缺乏工作，这是救助许多无法生活的家庭的一种慈善的事业。教士放下他的苎麻，忙着带领葛兰桑夫人到他的饭厅里来，悲伤的母亲看到教士的小吃，就想到了自己家里的素朴。

“教士先生，”她说，“我来恳求您……”

泪珠流满她的脸孔，她不能够说完。

“我知道您所以到这里来的原因。”神圣的人物回答说，“但是，我对您负责，太太，对您的亲戚布斯基埃夫人负责来和缓西埃斯的主教。是的，我会给您的可怜的儿子祈祷；是的，我要念弥撒；但是我们得免除一切的恶评，不要让城里的坏人都围到教堂里来……只让我一个人，不要其他的僧侣，夜里……”

“是的，是的，您要怎么就怎么吧，只要他能够到圣地去！”可怜的母亲一边说，一边拿了牧师的手，吻着他。

所以，将近半夜的时分，阿丹那斯所最喜欢的四个年青的朋友就把棺材秘密的抬到教区里去。那里有几位葛兰桑夫人的朋友，一群穿黑衣、戴头帕的妇女；另外还有七八个听过这位夭逝的才子说过机密话的年青人。四条火把照耀了这盖有黑纱的棺材。教士在一位谨慎的歌童的帮助之下念了葬礼的弥撒。然后，这位自杀者就毫无声响的被人抬到墓园的一角，那里有一只没有文字的黑木的十字架给这位母亲指示下葬的地点。阿丹那斯生在黑暗之中，他也同样的死在黑暗之中。没有人责骂教士，主教缄默无言。母亲的仁慈赎去了儿子轻侮宗教的罪状。

几个月之后，一天晚上，因为苦痛而狂悖、因为受一种那些不幸的人举唇尝味苦花的不可解释的渴望所推动的可怜的妇人想要去看她的儿子投江的地点。也许是她的本能告诉她可以在这棵白杨树下重新想起许多的思念，也许她要观察她的儿子最后一次所看见的东西。世界上有许多的母亲看见了这景象会死去了的，也有其他的母亲会发生一种神圣的崇拜。解剖人类本性的学者不会过分的重复那些足以破坏教育、法律和哲学系统的真实。让我们常常说这句话：要把情绪归纳到一致的公式上来，这是谬误；这些情绪发生在人类心中的时候，他们是和他所特有的成分相结合而凝成他的姿势的。

葛兰桑夫人看见远处里有一个女人在不幸的地点上喊道：

“原来就是这个地方！”

只有一个人和母亲一般的在那里痛哭，这个人就是苏三。苏三早上来到莫尔旅馆，她听到这不幸的惨剧。如果可怜的阿丹那斯还活着的话，她一定会学那些没有金钱而梦想行善的高贵的人物一样的行为（这种行为绝不是有钱的富人所曾想到的），她一定已经给他送去几千佛郎而在上面写着：“一位短您父亲钱的朋友所赔还给您的钱。”这天使一般的狡狯是苏三在旅途中所发明的。

妓女看见葛兰桑夫人，就对她说了下面一句话而快步的走开：

“我爱他！”

没有改变本性的苏三一直等到加冠新娘的橙花变为荷花的时节才离开阿郎桑。她第一个宣布布斯基埃夫人还是高尔芒小姐。她用舌头替阿丹那斯和亲爱的发罗瓦骑士报仇。

阿郎桑人看见一个可怜的慢性的自杀，因为阿丹那斯已经立刻被社会所忘却了，社会希望而且应当立刻忘记他的死人。可怜的发罗瓦骑士慢慢的死亡，他已经每天自杀了十四年。布斯基埃结婚之后三个月，社会不是不奇怪的注意到骑士的衣衫变成赭色的，他的头发不规则的梳着。不修边幅，骑士就不再存在了！几个象牙的牙齿已经丢掉了，人心的观察家已经不能够发现这些牙齿是属于哪一个身体的，到底是外国人的还是本地人的、是植物的还是动物的，到底是年纪把他们从骑士嘴上拔了下来还是因为骑士把它们搁在抽屉里而忘记了它们。领带自己卷了起来，已经和风流漂亮不生关系了！黑人头已经变成白色而生垢了。脸纹发皱了、变黑了，皮肤变成了羊皮。不加修整的指甲有的时候居然多上了一条黑丝绒的花边。背心留有鼻涕的痕迹，好像秋天的树叶一样的堆在那里。耳朵的棉饰已经不大换新了。悲哀居留在这只额头之上，而在皱纹的深处滑着他的灰黄的颜色。总之，这样聪明抑制的毁灭使这美丽的大厦破裂，给我们指示出灵魂对于躯体有多少的力量，因为金栗色的美男子、这位剧中的情人就在失望之下死去了。一直到此刻为止，骑士的鼻子总是生得温雅而优美的；这鼻子从来没有落下黑色的潮湿的香料或是琥珀的粒子；但是骑士的鼻子现在却被环绕鼻孔下面的鼻烟给污玷了，却被利用上唇中间的骨沟的鼻涕给侮辱了；这鼻子现在已经不再显得可爱了，它揭破骑士当日如何的对它加以爱护，这种爱护的范围使人懂得这位男子对于高尔芒小姐的图谋是如何的远大、如何的持久。他被古德莱的双关语粉碎了，就想法子使古德莱去职。这是狠毒的骑士所进行的第一个报复；但是这双关语是刺人的，他比抵押品管理员的一切双关语都高上一百古地[1]。古德莱先生看到这鼻孔的革命，就叫骑士做“泥娘苏丹”。还有，逸事也就和牙齿一

---

① Coudée，法国古代度名，每古地约合五十厘。

样的消灭；然后，调皮话也就变成稀少的了；但是胃口还是一样的强旺。这位绅士在这失望的遭遇中只保存有他的胃脏；如果他没精打采的装烟的话，他却总是可怕的吃东西。当您听说发罗瓦骑士不再那么殷勤的跟戈里查公主谈天的时候，您可以猜想到这桩事情要在思想中引出哪一种的惨剧。有一天，他到阿尔孟德小姐家里去，腿肚就在胫骨之前。这温雅风度的腐毁是可怕的，我得发誓，而且惊愕了全阿郎桑的人。这位准青年已经变成老年人了，这位在精神的衰疲下从五十岁变成九十岁的人物使社会大为惊讶。然后他就漏泄了他的秘密：他曾经等待过高尔芒小姐；他是一位忍耐的猎夫，然而瞄准了十年却打不到野味。总之，无力的共和政府却战胜了强盛的君主政治，而且是在复辟的天日之下！形式到底胜利了，物质克服了精神，暴动克服了外交。最后的不幸！一位受伤的娇艳女工揭破了骑士的清晨的秘密，他于是就变成一个放荡的人了。自由党把布斯基埃的弃婴都投到他这里来，阿郎桑的圣日耳曼镇也很骄傲的接收这些弃婴，发笑而说道：“这位善良的骑士，您要他做什么呢？”阿郎桑的圣日耳曼镇怜惜骑士，把他抱在腰腿间，使他重新微笑，一个可怕的仇恨就集中在布斯基埃的头上。十一个人投到德斯格里昂那里去，离开了高尔芒沙龙。

这婚姻的结果表现了阿郎桑的党派的分裂。德斯格里昂家代表了高级的贵族，因为回乡的诸位特瓦维尔是附在这一家的。在布斯基埃的才能的影响之下，高尔芒家就代表了这不幸的意见，这意见既不是真正的自由党的，也不是绝对的保王党的，然而却在最大的唯一的真正的力量王权和最为虚假、最易变迁、最为压迫人民的力量，选举会议所实行的，所谓议会的权威之间的快速的斗争的日子里产生了“二百二十一票”这桩事。和高尔芒沙龙秘密结合的郎塞勒沙龙是明目张胆的自由党的中心。

自皮勒保德回来之后，施本德教士不断的悲痛，他把这些悲痛集中在他的心灵上，因之在外甥女面前慢慢的自杀；但是，他却在阿尔孟德小姐跟前倾吐他的心绪，他对她承认说，发疯对发疯，他宁可要发罗瓦骑士，不要布斯基埃先生。亲爱的骑士从来没有逆忤过行将就木的可怜的老年人，然而布斯基埃却毁坏了家里的一切。教士的干涸的眼睛流转着细小的泪珠，而说道：

“小姐，我已经没有五十年来我在底下行走的住处了！我所喜欢的菩提树已经被人家剪除了。我死的时候，共和政府还让我觉得他是在家里推翻一切的可怕的公式!”

“您得原谅您的外甥女，”发罗瓦骑士说，“共和主义的思想是年青人的第一个错误，年青人追求自由，可是他却找到最可怕的专制、没有力量的流氓的专横。您的可怜的外甥女是由她所触犯的罪过那地方受到刑罚的。”

“在这满壁画着裸体的跳舞女的房子里，我要变成什么样子的呢？我要到哪里去找回我在底下念读祈祷文的菩提树呢?”

当人家把他默想时所习惯观看的松树砍掉了之后，康德不再会打通他的思路；同样的，良善的教士也不能够在穿行没有树荫的小径时想出奋激的祈祷。布斯基埃叫人家种植了一个英吉利的花园。

“这更好。”布斯基埃夫人说，她并没有想到这句话的意思；但是古杜里埃教士却允许她去做许多事情来使她的丈夫快乐。

这改变给这所房子除去它的一切光辉，它的可爱的空气，它的淳朴的神色。发罗瓦骑士的疏远几乎等于让位；正如骑士一样，当高尔芒沙龙变成白色和黄金色，排设有桃花心木的土耳其家具，铺有蓝绸布的时候，大多数的中产阶级也就不到这里来了。摩登装饰的饭厅使菜饭没有那样的温热，人家不能够在那里吃得和从前一样的好。古德莱先生说，他觉得他的双关语都被墙上所画的图像，那用白眼珠来瞟他的图像给塞在食道里了。房子的外表上，外省的空气还是在那里呼吸着；但是房子的内部却整个的表现出一个总裁时代的军粮商人。这是证券经纪人的低级的趣味：假漆的圆柱、玻璃的门户、希腊的侧面图、干燥的剜形，一切派头的混合，不是话语所能形容的奢华。阿郎桑城对于这类似闻所未闻的奢华批评了两个星期；然后，几个月之后大家就觉得以他为荣，许多富有的工业家也就换新他们的家具，排设美丽的客厅。摩登的家具开始在城里露出头角了。人家可以在这里看到挂灯！施本德教士第一个堕入这婚姻所应当给他的亲爱的外甥女的亲密的城市带来的秘密的不幸之中。第一个冬天，布斯基埃每月举行了两次跳舞会，自这冬天起，管束他们的共同生活的高贵的简朴的特性就已经没有了。在这神圣的房屋里听着人世节庆的粗俗的音乐和提琴！正在人家这样欢乐的时候，教士就跪在地下祈祷！然后这沉闷的沙龙的政治也就慢慢的改变了。代理主教猜透了布斯基埃：他发抖的听着布斯基埃的命令式的口调；他看见他的外甥女眼睛里有几颗泪珠，因为她损失了管理自己的财产的权力，她的丈夫只让她指挥衣服的洗涤、桌子的排布和其他的女红。露丝已经没有命令可发了。只有先生的意志才是专门赶车的约克冷、小童雷纳、巴黎来的厨子所听从的（因为小玛利变为厨房的一个侍女了）。布斯基埃夫人只能够支配约瑟特。我们知道放弃一种习惯成自然的甜蜜的力量有多少的牺牲呢？如果意志的胜利是伟人们的生活所有的一种醉人的快乐的话，他却是小人物的整个的生命。只有当过部长而又免职的人们才可以懂得布斯基埃夫人退入完全的“奴隶”的地位时有哪一种的苦痛。她常常违反意志的登上了马车，她看见许多不称心的人；她已经不能够触摸她的疼人的金钱，她这个好像是有使用一切金钱的自由而却一个子儿也不用的女人。一切的限制难道不会使她反而想要越出这限制吗？最为剧烈的苦痛难道不是从受障碍的自由那一方面来的吗？这些事情的开端都好像是玫瑰花一般。对于夫权的每一次的让步都是在可怜的女人对于她的丈夫的爱情的鼓励之下进行的。布斯基埃的最初的行为在他的妻子看来是可钦佩的；他很高明，每一次的霸占都给她说了许多极有价值的理由。在这间久已荒芜的房子里，晚上居然可以听到一对夫妻在火炉角上的谈论的声音。所以，在结婚的最初的两年，布斯基埃夫人总显得非常满意的样子。她有这种恋爱结婚的少女所特有的果敢的奸黠的神气。血液不再扰搅她了。这色调击退了嘲笑她的讽刺家，否认了人家对于布斯基埃所散布的谣言，打破了人心观察家的计划。露丝—玛利—维克多尔只怕她的丈夫不高兴，只怕冲犯她的丈夫，只怕使他失宠，让他找不到她为伴，她为他牺牲了一切，甚至于她的舅舅。布斯基埃夫人的天真的小快乐骗了可怜的施本德教士，教士以为他的外甥女幸福，也就容易忍受他的苦痛了，阿郎桑城的人最初也和教士同样的想法。但是这里有一个比全城的人都难于受骗的人！避居在高级权贵的神圣的山丘上的发罗瓦骑士就在德斯格里昂家里过活；他听着人家的咒骂和人家的讥诮，他日夜的想着：不报复绝不瞑目。他已经用双关语打倒了这个男子，他要打击布斯基埃的心。可怜的教士知道他的外甥女的最初又是最后的爱情的受骗，猜想到他的外甥女婿的虚伪的性格和他的无信的行为，他不禁发起抖来。虽然布斯基埃因为想要得到舅舅的遗产，行为颇为检点，不敢让舅舅有所哀痛，但是他却给他带来一个最后的打击，把他送进坟墓里去。如果您要用严守原则来解释容忍的话，如果您不愿意判断当日的代理主教的天主教的灵魂有斯各脱让我们在丁荫神父的清教徒的灵魂中所崇拜的苦行主义的话，如果您要在罗马教会中认识您在共和党的意见中所崇拜的“宁死勿辱”的精神的话，您就会懂得伟大的施本德教士看见在他外甥女婿的客厅里有这么一位发过誓的宪政派，教会的仇人，背教的、叛逆的、异端的牧师，他要如何的苦痛。布斯基埃的秘密的野心就是要统治全地区，他要施展他的第一个权力，他要调解圣黎昂拿德他的住持教士和教区的教士的斗争，他达到了他的目的。坚忍不拔的教士认为是出卖的行为，然而布斯基埃的妻子却以为这是完成一桩和平的工作。施本德教士看到只有自己一个人是忠实的信徒。主教到布斯基埃家里来，显得对这敌对态度的停止相当的满意。佛兰苏教士的德性克服了一切，只是不能够克服一个天主教的罗马人，这个罗马人能够和高尔乃尔一同的喊叫：

“我的上帝，但愿您使我因为德性而怀恨！”

正统的教义不再存在于教区的时候，施本德教士也就死去了。

一八一九年，施本德教士的遗产的继承给布斯基埃带来了两万五千佛郎的地租，还没有计算皮勒保德和发尔—诺贝尔街的房产。大约就是这个时候，布斯基埃就把他的妻子所给他的资本还给了她；他叫她把这资本来购买连接皮勒保德的产业，使他变成全省最堪注目的一块地产，因为施本德教士的地产正好毗邻皮勒保德。谁也不知道布斯基埃的私人的财产，他把资本放在巴黎的客礼银行里，他每年四趟到巴黎去。但是，这时候，他已经被人认为是奥尔恩全省最为富庶的人了。这位能干的人物，这位自由党永久的候选人，他在复辟时代的竞选每次总是差了七八票，他固执的摈弃自由党，希望能够以内阁派保王党的资格获得被选，然而他总不能够克服政府方面对于他的反对，虽然他有教会和地方官吏的援助。这位富有野心的怀恨的共和党人决定要在保王党和贵族在这地区胜利的时候来跟他们斗争。他用虚伪的慈善来赢得司铎的援助；他陪着他的妻子到教堂去做弥撒，他捐钱给城里的一切修道院，他支持圣心教会，如果僧侣和市府、省府或国家争吵的话，他就替僧侣说话。他暗地里接受自由党的支持、教会的保护，表面上却保留为一个宪政派保王党；他不断的跟着全省的贵族走，目的是要毁坏贵族，他也居然把贵族毁坏了。他非常注意高级贵族和政府所做的错事，而在中产阶级的帮助之下实现了贵族、世卿和各部会所应当提倡、所应当指导，然而却因为法兰西的权势的幼稚的嫉妒而加以妨碍的改革。宪政派的意见使他插足于教士的事情、戏院的建筑，一切布斯基埃所预先想到的发展。布斯基埃让自由党提议这建设。在反对国家财产问题的最强烈的争辩中，他是站在自由党那一方面的。布斯基埃使全省工业化。外省怀恨居住布列颠大路旁边的家庭，他就促进外省的繁荣。他这样的预备报复别宫里的人物，特别是德斯格里昂家，他总想有一天给这家庭插进一只带毒的拳头。他给资本来复兴阿郎桑的花边业；他恢复了布业的买卖（城里有个纺织厂）。布斯基埃这样的从事一切的兴建，这样的收买人心，这样的做了国王所没有做的事情，他没有浪费任何一个子儿。有财产做他的后盾，他能够期待那些受掣的企业家所常被迫放弃给幸运的承继人的事业的实现。他就装出银行家一般的神气。这位具体而微的拉飞特合资经营一切的新企业，而求安全。在经营公共财产方面，他很成功；他是保险事业的鼓吹者、新的公共车业的保护人；他提议请愿要求政府建筑必要的道路和桥梁。知道了这些事情，政府也就眼巴巴的看着自己的权力被人侵占了。斗争笨拙的进行，因为国家的利益要求区行政机关让步。布斯基埃鼓动外省的贵族反对内宫的贵族和世卿。总之，他预备一个可怕的联盟，让一大部分的宪政派保王党去进行《辩论报》和沙都勃里昂所支持的反国王的争斗，这种争斗是基础在卑鄙的利益观念之上的忘恩背义的行为，这是一八三〇年中产阶级和新闻记者所以能够胜利的一个原因。所以，正如他所代表的那些人一样，布斯基埃畅快的看着国王的仪仗得不到外省人的同情，因为外省已经因为无数的原因而失去了国王的宠爱。常常到教堂去做弥撒的共和党人曾经在十五年中扮演过这幕喜剧，去满足他的仇恨；他亲身在民众的欢呼之前翻折了市政府的白色旗。在法兰西，没有一个人能够给一八三〇年八月所新建的王位投去一道比他更沉醉有复仇的快乐的眼色。在他看来，幼房王族的登极就是革命的胜利。在他看来，三色旗的胜利就是孟泰额的复活，这一次，孟泰额可以用比较断头台还要靠得住的方法来打击绅士们了，因为他们的反动不会那么样的剧烈。非世袭的世卿、把街角上的香料商人和侯爵都放在同一兵营板床上的国防军、一位中产阶级的律师所请求的世袭财产的废除、天主教的特权的取消，这一八三〇年八月的一切的立法在布斯基埃看来都是一七九三年的原理的聪明的应用。一八三〇年之后，他当了税务总局局长。为着飞黄腾达起见，他就联络了国王路易—菲力的父亲奥黎昂公爵、奥黎昆公爵的母亲的前任总管家辐尔孟先生。人家给他八万佛郎的年收。在本地人的眼睛里，布斯基埃先生是一个好人，可敬重的人，不改变原则的、清正的、恳挚的好人。阿郎桑城得和他的工业运动合作，这运动第一次把布列颠结合在所谓的摩登文化圈之中。一八一六年，阿郎桑连两辆车都没有，然而十年之后却看见街中辗转着四轮轻马车、轿式马车、四轮马车、两轮轻马车、两轮马车而不奇怪。中产阶级和地主最初看见物价的飞涨颇为惊惧，后来就懂得这种涨价对于他们的收入有反响。全地区的人都接受郎塞勒院长的预言：布斯基埃先生是个非常强干的人！但是，不幸得很，这句话在他的妻子方面却是一句可怕的讥刺。丈夫一点儿也不像一个公务员和一个政治人物。这位伟大的公民在外面是这样的开明、这样的良善、这样的爱国，然而在家里却是这样的专横、这样的缺乏夫妇的恩情。这位这样奸刁、这样虚伪、这样狡猾的发尔—诺贝尔街的克仑威尔，他在家中的行为就好像他对贵族的行为一样，他为杀害这家庭而妩媚。

正如他的朋友柏尔那多特一样，他是用丝绒的手套戴在他的铁手之上的。他的妻子并没有给他生育儿女。苏三所说的话、发罗瓦骑士所说的含蓄的话语，所以是证实了。但是自由党的中产阶级、宪政派保王党的中产阶级、乡下绅士、官吏和《宪政报》所称的“牧师党”却都认为是布斯基埃夫人的错误。他们说，布斯基埃先生娶她的时候，她已经很老了！并且，这位可怜的妇人多幸福啊，因为像她这样的年纪生育儿女未免太危险了！如果布斯基埃夫人哭着把周期的失望告诉给古德莱夫人、郎塞勒夫人听的话，这些贵妇就对她说：

“您不发疯了吗？亲爱的，您不知道您所愿望的是桩什么事？生孩子是要您的命的！”

然后，许多和古德莱先生一样希望布斯基埃胜利的人都叫他们的妻室来恭维。老小姐简直被这些惨酷的话语给刺杀了：

“亲爱的，您真幸福能够嫁给这样能干的人；您可以避免那些嫁给没有毅力、不会发财、不会教管女儿的人的女人的不幸。”

“我的美人儿，您的丈夫把您弄成这地方的王后了。他绝不会把您放在困难的地方，他！他在阿郎桑指挥一切。”

“但是，”可怜的女人说，“我希望他不要太关心公共的事业，我希望他……”

“您未免太难了，我的亲爱的布斯基埃夫人，一切的女人都妒忌您有这么一个好丈夫。”

社会开始分派她的错过，这位被社会所误解的女信徒就在内心找到一个发展德性的大事业。她生活在眼泪之中，不断的给人世呈出一副温和的脸孔。在一个敬虔的灵魂看来，心里总是刺着这种思想：“我爱发罗瓦骑士，然而我却是布斯基埃的妻子！”这难道不是一种罪过吗？阿丹那斯的爱情也同样的在悔疚的方式之下浮上她的脑海，而于梦里追迫她。悲愁而死的舅舅的命运使她的前途变成更为苦痛的，因为她总想到舅舅看见高尔芒家的政治思想和宗教律则的变化将要如何的苦痛。一般的情形，不幸总是突如其来的，好像葛兰桑夫人家里的事情一样；但是在这位老小姐家中，不幸却是慢慢的发展着，好像一滴油只在慢慢浸湿布料之后才脱离这布料似的。

发罗瓦骑士怀有恶意的使布斯基埃夫人不幸。他心下要使她觉悟她的受骗；因为骑士是爱情专家，他之猜透结了婚的布斯基埃，正如他之猜透单身汉布斯基埃一样。但是深刻的共和党人不是容易加以袭击的，他自然不让发罗瓦骑士到他的沙龙里来，正如他不让一切在他初婚期间否认高尔芒家的人到这里来一样。何况他比嘲笑他的人高明，他有庞大的财产，他统治阿郎桑，他留心他的妻子，正如李查尔三世要留心去看人家杀死帮他打胜仗的马一般。为着使丈夫快乐起见，布斯基埃夫人已经和德斯格里昂家断绝来往，她不再到那里去了；但是，当她丈夫到巴黎去把她一个人扔在家里的时候，她就过去瞧瞧阿尔孟德小姐了。婚后两年，刚刚好当施本德教士死了的时候，阿尔孟德小姐曾于圣黎昂拿德教堂出口处走近布斯基埃夫人，因为她们都是到这教堂来念教士的的招魂弥撒的。仁慈的女人以为在这种景况之下得给涕泪交流的女承继人许多安慰。她们一块儿走，一边谈论亲爱的先人，一边从圣黎昂拿德走到公共运动场，又从公共运动场走到不许闲人进内的公馆，阿尔孟德小姐用她的动人的谈锋去引诱布斯基埃夫人。也许这位悲哀的可怜的妇女喜欢和一位她的舅舅所喜欢的人物谈论他。她还愿意听到三年来没有见面的老侯爵的称颂。那时候正好一点半钟，她看见发罗瓦骑士到这里来吃饭。骑士一边给她致敬，一边拉着她的双手。

“哎！亲爱的有德性的贵妇，”他用感动的声音对她说，“我们没有了我们的神圣的朋友了；我们同情您的哀悼；是的，我们这里是和您家里一样剧烈的感觉到您的损失，……比他更。”他加上一句话说，引到布斯基埃身上来。

每一个人都编制了一些吊唁的语句，之后，骑士就风流洒脱的拉了布斯基埃夫人的手臂，把他放在自己的手臂上，非常恭敬的压着它，把她带到一只窗口那一边来。

“您至少不至于不快乐吧？”他用父道的口吻说。

“是的。”她说着，低下了她的眼睛。

听见这句“是的”，史尔贝洛夫公主的女儿特瓦维尔小姐和卡特兰老侯爵夫人就在阿尔孟德小姐的陪伴之下走来会合骑士。等待吃饭的时候，大家都到花园里去散步，因为悲哀而发傻的布斯基埃夫人并没有看出这些贵妇和骑士正在进行一个好奇的小阴谋。这些人物所投射的眼光好像都写着这句话：“我们抓住她，让我们猜这个谜吧！”

“为着使您的幸福变成十全起见，”阿尔孟德小姐说，“您就得生几个孩子，一个和我的外甥一样美丽的小孩……”

布斯基埃夫人的眼睛流出一颗泪珠。

“我听说您是这桩事情的唯一的责任者，您怕怀孕，是吗？”

“我，”她天真的说，“我下了一百年地狱都愿意换一个孩子！”

这样的发出了问题之后，特瓦维尔子爵夫人和年老的卡特兰侯爵夫人就很智巧的引起了一个谈论来，她们非常巧妙的引诱可怜的老小姐，使她把家中的秘密和盘的托出。阿尔孟德小姐拉着骑士的手臂，走远了，让三位女流谈论结婚的生活。布斯基埃夫人就觉悟了这婚姻所给她上的成千的当；因为她是傻子，她的天真使听她告密的三位女人大为快乐。虽然最初的时候高尔芒小姐的受骗的婚姻会使全城哄笑，但是布斯基埃夫人却终于得到一切妇女的敬重和同情。因为高尔芒小姐赶着跑回来结婚而没有成功，每一个人都嘲笑她；但是当每一个人知道她的严格的宗教的原则把她放在这特殊的境地的时候，大家就都敬重她了。这可怜的布斯基埃夫人代替了这位老高尔芒小姐。所以，骑士就在相当的时期内使布斯基埃变成可恶的、可笑的，但是这笑谑不久也就微弱下来了；当每一个人都对他骂了一句之后，这咒骂也就变成厌倦的了。然后在五十七岁的时候，许多人都觉得这缄默的共和党应当有退休的权利。这事情激起了布斯基埃对于德斯格里昂家的仇恨，这仇恨使他在报复的日子变成毫不留情的。布斯基埃夫人受到命令，永远不许她踏进这家里。为着报复发罗瓦骑士所给他要的把戏起见，刚刚创办《奥尔恩邮报》的布斯基埃就在这报上登了这一段启事：

“此间备有一千佛郎公债票，凡能指明彭布勒顿先生于贵族移殖之时或其前后之存在者，敬以此款奖赏之。”

虽然布斯基埃夫人的婚姻是不恰当的，但是她却看出有些好处：对城里一位最令人注目的男子发生兴趣，不是比孤独的生活着更好吗？布斯基埃总比一般独身者所喜欢的狗、猫和黄雀强；他总给她带来比女仆们、忏悔师们和谋取遗产的人所有的更为实在、更不自私的情绪。后来，她就在她丈夫身上看出是上天的责罚的工具，因为她承认曾渴望过结婚，而这样的犯了无数的罪过；她觉得自己的受罚是正当的，因为她曾经给葛兰桑夫人产生了许多的不幸，使她的舅舅先期死亡。她服从这种命令您接吻刑罚您的鞭笞的宗教，所以就自夸她的丈夫，她公开的称赞他；但是，在忏悔或是晚上祈祷的时刻，她总是哭着请求上帝赦免她的丈夫的背教行为，因为他所想的正与他所说的相反，他祝愿贵族和教会的灭亡，而这二者却正好是高尔芒家的宗教。她觉得自己的一切的情绪都是受伤了的、被害了的，然而却被迫去使她的丈夫幸福，不使他受到任何的损伤，莫名其妙的归心于他（这也许是习惯所生的结果），她的生活实在是永远的矛盾。她嫁给一位男子，这男子的行为和意见都是她所仇恨的，但是她却得勉强的留心他的一切。常常的，当布斯基埃吃果子酱，觉得饭菜很佳美的时候，她就非常的欢喜；她留心伺侯他，要使他的最小的欲望都能够得到满足。如果他忘记了包报的绳子，把绳子放在桌上，没有扔掉的话，太太就说：

“雷纳，让它去吧，先生把它放在那里一定是有目的的。”

布斯基埃要旅行去了，她就替他发愁外衣、发愁衬衫；她为他的物质的享受而给他最为细心的看顾。如果他到皮勒保德去的话，前一天晚上起她就请教晴雨表，看看天气是不是好的。她从他的眼睛里来侦查他的意向，就好像一条狗似的，虽然睡了觉，这狗还是听着、看着他的主人。如果这粗暴的布斯基埃在这被动的爱情的克服之下跑来搂住她的腰，吻着她的额头，对她说“你真是好太太!”的话，快乐的眼泪就涌上这可怜的女郎的眼睛。也许布斯基埃自己相信应当感恩露丝—玛利—维克多尔对他的敬重所给他的赔偿，因为天主教的德性没有命令布斯基埃夫人装出这样完全的虚伪。但是，这位神圣的女郎却常常一声不响的倾听那些怀恨的人在宪政派保王党的见解之下在她家里所说的话。她战栗的预先看到教会的毁灭；有的时候，她就冒险的说出一句话，而这一句愚笨的话也总是被布斯基埃的目光切为两段的。这生活上的逆忤最后就使布斯基埃夫人变成愚钝的，她觉得最简单、最聪明的办法就是集中自己的智力而不发之于外，退隐起来，去过一个完全动物式的生活。那时候，她就像奴隶一般的降伏了，认为接受丈夫所使她降低的生活是一种功德。为丈夫的意向而完成许多事情，这并不使她发出任何的叹息。这只怯栗的绵羊从此就走上了牧者所给她划好的道路；她没有离开教会，她实践最严格的宗教仪礼，没有想到撒旦[①]，也没有想到他的浮华，也没有想到他的工作。她就这样的结合了最纯粹的基督徒的德性，而布斯基埃也无疑的变成了法兰西和拿发尔王国的一个最为幸福的男子了。

“一直等到最后的一息为止，她都会这样的幼稚。”残酷的去职的抵押物管理员说，然而他每星期却在她家里吃两次饭。

如果我们没有提到发罗瓦骑士和苏三的母亲的死期的巧合，这篇故事就算是太不完全了。骑士和君主政体同时在一八三〇年八月死去。他到列诺南古尔去参加国王查礼十世的仪仗，而和诸位特瓦维尔、诸位卡斯特兰、诸位德斯格里昂、诸位维尔纳尔等一同护送国王一直到哲尔堡去。老绅士带了五万佛郎，这是他的积蓄和他的年金的总数；他把这笔款交给他的主人们的一位忠实的朋友，请他转献给国王，说是他已不久人世了，这笔款其实是国王陛下的恩赐，发罗瓦家最后的代表人还是属于国王的。我们不知道他的效忠是不是使布尔崩王朝回心转意，布尔崩王朝放弃了他的美丽的法兰西王国，没有带上一个子儿，他应当会受骑士的忠诚的感动；但是我们知道清楚发罗瓦骑士的继承人塞萨林好不容易才收到六百佛郎的年金。骑士受到苦痛和疲倦的残暴的打击，他回到阿郎桑来，当查礼十世脚踏外国的土地时，他就与世长辞了。

发尔—诺贝尔夫人和害怕自由党的报复的她的保护人，他们都很高兴能够有一个借口偷偷的到苏三的母亲死去的乡村里来。在发罗瓦骑士死后的拍卖场中，想要得到她的第一个好朋友的纪念物的苏三居然把他的鼻烟匣的价格抬高到一千佛郎。只这戈里查公主的肖像就值得这价钱。两年之后，一位收藏前一世纪的鼻烟匣的风流青年就从苏三手里得到骑士的鼻烟匣，人家是用惊叹

① 魔鬼的领袖。

的态度把这东西介绍给他的。所以，这世界上最优美的爱情的秘密的宝贝和这老年人的心爱的物品就被陈列在一种私人的博古馆里。如果死人有知的话，骑士头部的左边这时候应当是会发红的。

如果这篇故事的效果只是给占有贵重的古董的收藏家感应一些神圣的恐怖，叫他们寻找一张遗嘱补正书，使他能够立刻判定这夭逝了的幸福的宝贵的回忆有哪一种的命运，而把这些古董传留给同嗜者的手中的话，他一定会给群众的武士道的部分和爱情的部分做下极大的贡献；但是他却包含有一个非常高尚的道德观念……他难道不是指明有一个新的教训的必要吗？他难道不是给忧愁的教育部长提议得设置几个人类学的讲座吗？（这是德意志超过我们的一种科学。）近代的神话是比古代的神话还没有被人了解的，虽然我们是被神话所吞噬。神话从各方面来压迫我们，它可以有各种的用处，它可以解释一切。依据人类的学派，如果神话是历史的火炬的话，他可以从革命里救出许多的帝政，即使历史的教授很少能够深刻的解释甚至于外省的民众！如果高尔芒小姐是读书人的话，如果奥尔恩存在有一位人类学教授的话，如果她读过亚里奥斯德[①]的书的话，她的家庭生活的可怕的不幸是不是不会产生呢？她也许可以找到理由说明为什么意大利的诗人给我们指出安琪烈选择麦多尔（他就是美丽的发罗瓦骑士）而放弃死了对偶而只知道发怒的罗兰。麦多尔难道不是女人国的侍臣的神话图像吗？罗兰难道不是破坏一切而什么也不生产的混乱的、激动的、无力的革命的神话图像吗？我们要不负责任的公布巴兰慈先生的一位学生所有的这种意见。

任何的调查都不能够告诉我们金刚钻黑人头的下落。今日您

① Arioste，文艺复兴时代之意大利诗人，著有《发怒的罗兰》一书，叙述美女安琪烈之如何选择苦恼的麦多尔，而放弃著名的罗兰。

可以在国立音乐厅看见发尔—诺贝尔夫人。谢谢发罗瓦骑士所给她的最初的教导，她几乎有她所应当做的那种女人的神气，她也只能够是她所应当做的那种女人。

布斯基埃夫人还活着；这不是说她总永远的苦痛吗？六十岁的女人往往要供认她们的往事，到达这年龄的布斯基埃夫人，就机密的告诉古德莱夫人，说是她不能够忍受没有结婚而死去的念头。

一八三六年十月于巴黎